社畜男的戀愛行動支付

Mobile Payment For Your Love

Presented by OUKU with GUI

Mobile Payment
For Your Love
社畜男的戀愛行動支付
蔣承勳
柯狄
....
....

目錄 | CONTENTS

01
第一章
SCANNING…

那是一個很普通的平日下午，好不容易得空休息的蔣承勳在公司樓下的便利商店挑了個便當和飲料當作遲來的午餐。

「這樣一共是一百三十二元，要微波嗎？」

「啊，要，謝謝。」

趁著店員轉頭將便當放進微波爐的空檔，蔣承勳摸了摸外套口袋，摸到一團空，才猛然想起昨天洗衣服的時候好像把皮夾抽了起來，就這樣忘在洗衣機旁邊，早上根本沒帶出來。

直到店員轉回來，蔣承勳摸了半天仍是沒從口袋裡摸出半毛錢。

店員疑惑的目光和後頭其他排隊客人不耐煩的咋舌聲，前後夾得他窘迫又不知所措。

蔣承勳推了推掛在鼻梁上有些俗氣的黑框眼鏡，正想著是不是該請店員等一等，讓他打個電話向樓上同事求助一下，排在他身後的一位年輕男子卻突然向前一步，把手上的東西放下，將手機螢幕轉向店員。

「我的跟他一起結吧，不用載具，謝謝。」

那位年輕男子開口，嗓音溫溫潤潤，語氣倒是沒有不耐煩。

店員動作俐落地結了帳，在把發票遞給他的同時，後頭的微波爐「叮」的一聲響了，蔣承勳匆匆接過店員裝好的微波便當，拿了桌上的飲料追了出去，幸好剛剛那個男子還停在門口邊低頭滑手機，沒有走遠。

「那個，不好意思。」蔣承勳不曉得對方叫什麼名字，只得先用不怎麼有禮貌的「那個」暫時代稱，「剛剛謝謝你，我今天出門忘記帶皮夾，不曉得你方不方便留個聯絡方式，我再找個時間把錢還你。」

那人抬頭朝蔣承勳笑了一下，回說：「小錢而已，不還也沒關係。」

蔣承勳這才發現眼前的年輕男子長得真是好看，頭髮抓得很有型、五官瀟灑帥氣，耳朵上還戴著黑色的耳釘，低調又時髦。

蔣承勳愣了片刻才回過神來，連忙搖首堅持，「不行，沒有理由讓你幫我付錢，這錢還是要還。」

在蔣承勳的堅持下，男子沒有辦法，只好點開通訊 **APP** 的介面，「加 **LINE** 可以嗎？」

「可以可以。」蔣承勳連忙掏出手機，手忙腳亂地找了半天才找出加好友的畫面，他掃了對方的 QR 碼加了好友，看著大頭貼下面顯示的名字，不自覺地念出口，「你叫……Kody 啊？」

「嗯，我姓柯，叫我 Kody 或小柯都可以。」本名與英文名讀音相近的柯狄，垂眸將蔣承勳添加到好友名單裡，看著他那張幾乎僵硬得像是證件照的大頭貼，眼底不禁含上了一點笑意，「話說回來，如果你真要還錢，其實用 LINE 轉帳給我就好了。」

「啊？」蔣承勳愣愣地疑惑出聲，「LINE 還可以付錢？」

見蔣承勳驚訝的模樣，柯狄忍不住上下打量眼前這個打扮略有些俗氣的男人，目測年齡大約三十多歲，不能算老，但似乎對時下科技並不了解。

他於是問：「你知道 LINE Pay 嗎？」

蔣承勳搖頭，老實道：「不知道。」

「手機借我一下。」在蔣承勳應允下，柯狄便拿著對方的手機滑到最後面蔣承勳根本沒有點開過的頁面，一邊講解一邊操作，「你看，上面有個 LINE

Pay，點這個進去，註冊這個，回去綁定信用卡或銀行卡，以後出門沒帶皮夾也可以用手機支付了。」

用了不到十分鐘的空檔，柯狄一步一步教會蔣承勳註冊以及怎麼使用行動支付，蔣承勳卻在聽到一半的時候微微走了神。

他的目光早就從手機螢幕游移到柯狄臉上，盯著那張線條分明的側臉，聽他用溫柔耐心的語氣一句句為自己這個什麼都不懂的老古板講解。

蔣承勳沉寂三十多年的一顆心，忽然沒來由地撲通撲通快速跳了起來。

他的臉上無端爬上一抹難以忽視的熱度，暗自在心頭想——

啊，難道這就是一見鍾情的滋味？

和柯狄交換LINE的第一個晚上，蔣承勳握著手機靠在床頭，腦子裡想的全都是今天下午幫了他忙的時髦男子。

他點開對方的大頭貼，照片裡的人戴著純黑色的口罩遮住了大半張臉，俐落的眉鋒微挑，眼眶底下明顯的臥蠶將他一雙眼睛襯得有神又迷人。

光一張大頭貼蔣承動就出神地看了很久，看完以後又不甚熟練地找到對方的個人檔案，想看看他以前發過什麼貼文。

可惜的是柯狄似乎只把 LINE 當作普通的通訊軟體，上頭並沒有什麼日常生活的記錄。

蔣承動有些惋惜地點回和柯狄的聊天畫面，手指輕觸打字框叫出鍵盤，先打了一行「你好，我是蔣承動」，想了想覺得好像哪裡有點奇怪，便全部刪掉重新來過，花了很長一段時間才編輯出自己勉強覺得還可以的邀請開頭。

——你好，我是今天下午在便利商店忘記帶錢包，讓你先幫我墊了一百三十二元的那個人，我叫蔣承動。今天真的很謝謝你的幫忙，還教會我這個老古板怎麼用行動支付。如果你不嫌棄的話，我想請你吃頓飯表達感謝，不曉得什麼時間和地點你比較方便？

在蔣承動平淡無奇的三十多年人生裡，這還是他第一次有主動想認識、想接近的人。當按下傳送的那一刻蔣承動心臟跳得快極了，甚至想不起來自己上次有這麼鮮明的情緒是什麼時候了，只緊張地盼著電話那端的人能夠給他回應。

只是等了好一段時間，明明顯示已讀了，那頭的柯狄卻遲遲沒有回應。

蔣承動心想大概是被婉拒了的意思，有些失落，卻還是禮貌地補充說「不方便也沒關係」，而後便關上了手機螢幕，握著長嘆了口氣。

又過了片刻，握在手中的手機短暫震動了一下，蔣承動連忙解鎖查看，甚至緊張地屏了一小口氣。

待看清柯狄的回覆，他頓時眼睛一亮，激動得險些把手機摔了出去。

這頭的柯狄剛洗好澡，正一邊擦頭髮一邊拿起床上的手機，訊息跳出來的時候他還愣了一下，想了幾秒才想起這個和他說你好的人是誰。

蔣承動的文字和他這個人一樣，有些呆板卻又老實得可愛。

他挑起唇角正想要回覆，房門外卻突然傳來一陣敲門聲響。

這動靜讓柯狄剛抬起一點的手指頓了頓，轉頭看向閉合的門板那瞬間，嘴角的弧度立刻又收了下去。

他遲了片刻才走過去開門，門外的男人手還舉在半空中，見柯狄一頭溼髮的模樣愣了短暫一秒。

「你怎麼還沒滾？」

柯狄面無表情地看著門外的男人——他剛分手一個月的前男友曹振澧，冷冷地問道。

對於前男友，柯狄心裡已經沒有任何情分存在了，一點點都沒有。

今天之所以會讓他來，也只是讓他把之前同居時留下的垃圾清走，順便歸還鑰匙，誰知對方這一待就待到他洗好澡，現在的架式也不像是馬上要走的樣子。

「我想和你談談。你……你頭髮還沒吹，不然邊談我邊幫你吹？」

曹振澧裝起可憐來。他比柯狄小了兩歲，長得人高馬大，曾經覺得可愛的無辜模樣，此時此刻卻讓柯狄只想一拳往那張臉上揍過去。

柯狄手擋在門框上，冷笑一聲，「要是我吹完頭髮之前你還沒拿著你的東西滾，我就報警了。哦對，鑰匙記得留在鞋櫃上，慢走不送。」

說罷不等外面的人反應，柯狄一把用力關上門，沉沉地出了口氣。

和曹振澧交往三年，同居一年半，柯狄自認自己算是個好伴侶了。

對方失業，他把人介紹進自己的公司，剛入職人脈不足，他還把自己手上的客戶轉了一些給對方。

越到後面曹振澧越是不加掩飾自己的野心，搶單搶客戶這點事柯狄都忍了，偏偏在一個月前，柯狄剛結束為期將近一週的出差行程，疲憊地回到家，一開門就親眼目睹自己的男朋友和另一個男人在沙發上激情擁吻的畫面。

面對愛情柯狄什麼都能忍，年紀小沒擔當他能忍、有心機搶業績他也能忍，唯一不能忍的，只有出軌不忠這件事。

柯狄外表看起來愛玩，實際上對待感情的觀念卻很傳統，一次就只能專一地對一個人，而那一個人最好是能一輩子相守。

很顯然，曹振澧並不是能和他過一輩子的那個人。

柯狄行事果決，當即就和對方提了分手，也同步向公司提了辭呈。

可是前男友卻不那麼灑脫，死纏爛打地和柯狄道歉，說自己也是迫於無奈，說是那個人先喜歡上他的，對方又是手上重要客戶的兒子，他得罪不起。

柯狄越聽越覺得可笑，反譏他原來以前的單都是這麼來的，最後直言說他真是噁心。

說不痛不難過那是不可能的，畢竟都是真心付出過的感情，怪也只能怪自己眼瞎看上了一個渣男，然後該斷就斷，沒什麼好留戀的了。

門外的人又接連敲了好幾下門，柯狄恍若未聞，拿了手機坐到桌前，一邊吹頭髮一邊看不久前蔣承勳又傳來的一則訊息。

大概是因為自己已讀了卻遲遲未回，蔣承勳以為他是婉拒的意思，於是說不方便也沒關係，是他唐突了。

柯狄垂眸看著那一行行連標點符號都用得很制式的句子，想起下午在面試公司樓下碰上的那個連行動支付都不會用的古板男人，原本確實是想拒絕的他轉念想了一下，回了簡短的一句——**可以啊。**

蔣承勳侷促地坐在餐廳裡，玻璃店門每被推開一次他就要抬頭看一次。

他來得太早了，和柯狄約十二點，他硬生生提早了半個小時抵達。

蔣承勳扯了扯有些緊的襯衫領口，終於在十一點五十五分的時候看見推門進來的柯狄，對方目光轉了轉，很快和他對上眼，蔣承勳半舉起手招了一下，柯狄便笑著往他的方向邁步而來。

「抱歉路上車有點多，等很久了嗎？」

柯狄拉開蔣承勳對面的椅子坐下，接過對方遞來的菜單，有些不好意思地說。

儘管他分明沒有遲到。

一聽柯狄道歉，正替他倒水的蔣承勳立刻搖頭，「沒有沒有，是我來得太早。」

蔣承勳不想在誰早到誰晚到這點小事上停留太久，將倒了七分滿的水杯放到柯狄面前，抬手叫了服務生過來點餐。

服務生過來前的空檔，他和柯狄說別客氣盡量點，柯狄抿著唇笑了笑，沒說什麼。

柯狄今天的打扮依舊時髦帥氣，穿著一件鐵灰色的高領針織衫，脫下的卡其色風衣掛在椅背，向後梳的瀏海露出光潔飽滿的額頭。

蔣承勳覺得他的眉毛可能也有特別修過，乾淨俐落又有型，幾乎看不到一點雜毛。

相較之下自己的打扮就顯得俗氣許多，他一早在衣櫃裡的眾多格子襯衫中，好不容易挖出一件像樣一點的白襯衫和西裝褲，結果這麼一對比，自己活生生就像是來面試的。

蔣承勳不自覺地盯著柯狄的臉出神，直到柯狄點完餐見他遲遲未動，疑惑地喚了他一聲「蔣先生」，蔣承勳這才猛然回過神來，抓了抓頭髮臉色漲紅地連道了好幾聲不好意思。

「我臉上有什麼東西嗎？」

待服務生收了菜單離開，柯狄笑著問蔣承勳。

「啊、不，是我失禮了，抱歉。」

蔣承勳又搔了搔頭，自覺自己方才的行為有些無禮，便鄭重地又道了次歉。

「沒關係，你不用這麼拘謹。」柯狄溫和地彎彎唇角，主動轉移話題，「不過話說回來，這頓飯應該讓我請才是，上次遇到你的時候其實我剛面試完，昨天接到錄取通知了。」

「真的啊？那真是恭喜你，不過這頓飯說好了我請，你就別和我搶了。」蔣承勳像是掩飾緊張般地拿過桌上的水杯喝了口水，片刻才又試探地說，「不然……下次吧？」

在柯狄的理解中，所謂下次大多都是客套話，他無可無不可地聳聳肩，回道：「好啊。」

再之後的閒聊就自然多了，談話間蔣承勳才知道柯狄錄取的公司和他在同一棟辦公大樓，還很巧地和他在同一層，就在他們公司正對面的那間辦公室。

這就意味著往後巧遇的機會比現在多更多了，蔣承勳有些欣喜地暗暗心想。

一邊吃著飯，柯狄也暗自觀察起蔣承勳。

他發現蔣承勳是個既紳士又貼心的人，除了讓他先點餐以外，送餐前還主動替他擦淨餐具，聽他講話的時候神情專注認真，適時的應答相當有禮，也不會探究過深的隱私。

總體來說，和蔣承動相處起來感覺是舒服的，不過也就僅此而已，柯狄並沒有多想。

一頓飯吃下來還算愉快，結帳的時候蔣承動拿著帳單走在前面，柯狄跟在他身後兩步左右的距離，才剛剛站定腳步，就聽見蔣承動問櫃檯負責結帳的店員：「請問可以用 LINE Pay 嗎？」

店員笑咪咪地回：「當然可以，要刷載具嗎？」

「不用，謝謝。」蔣承動將手機遞向前。

柯狄注意到蔣承動在讓店員刷條碼的時候還回頭看了他一眼，眼神殷切地像個求表揚的學生一樣，讓他不自覺地微微勾起嘴角。

並肩步出餐廳門口時，柯狄語帶笑意地和蔣承動說：「蔣先生學習能力真好，看樣子行動支付已經用得很上手了。」

「那也是你教得好。」蔣承動不好意思地笑了笑，「別叫我蔣先生了，叫我承動吧。」

柯狄也沒在彆扭，接話說：「你比我大了幾歲，不然我叫你承動哥吧？」叫哥總比叫先生聽起來沒那麼有距離感一點，蔣承動點了點頭說好。

柯狄是騎車來的，蔣承動陪他走到停車的地方，臨別前柯狄回過頭和蔣承動說：「我下週一正式報到，雖然不在同公司但也挺近的，以後還請多多關照了。」

柯狄笑起來的時候眼睛會微微瞇起、眼尾輕輕上挑，只是一個眼神就勾得蔣承動心跳不止。

蔣承動嚥了口唾液，在柯狄跨上機車正準備戴安全帽的同時，忽然腦子一熱出聲喊他：「那個，Kody。」

柯狄拿著安全帽狐疑地看向他。

蔣承動臉色有些不自然地發紅，他深深吸了口氣，又沉沉吐了出來，強壓下心裡的緊張支吾著開口：「我、那個……我能不能……能不能以交往為前提，和你做朋友？」

這記直球砸得柯狄茫然一愣，他雖然隱隱有察覺到蔣承動對自己的些微好感，卻萬萬沒想到，面前這個看起來老實古板的男人居然會這麼直接。

柯狄雙唇半張，遲了半晌才反應過來，他朝蔣承動有些歉疚地笑了一下，說：「抱歉，我其實才剛結束上一段感情，暫時沒有和別人交往的打算。不過如果只是做朋友的話，那當然沒有問題，今天和你聊天也很愉快。」

柯狄回答得委婉又疏離，蔣承動直到對方騎車離開了，都還駐足在原地，久久才回過神，懊惱地拍了一下自己的腦袋，怪自己太衝動了。

蔣承動當晚就傳了訊息給柯狄，為自己一時衝動的冒昧行為道了歉，儘管柯狄很快就回了沒關係，他還是一連幾天不敢主動找話題和對方搭話閒聊，就怕柯狄嘴上說沒關係，心裡其實很是排斥。

為此蔣承動也鬱悶了好幾天，連同部門的幾個下屬都看出他們向來工作嚴謹認真的老大有些不對勁，趁著一次大家一起吃飯的午休時間問他最近是怎麼了，怎麼連開會的時候都頻頻走神。

蔣承勳愣了愣，沒想到自己反常得這麼明顯，他有些愧疚地揉了揉鼻子，低聲說了句「不好意思」，看著面前幾個比他年輕一些的後輩，頓了一頓，有些猶豫地開口：「那個，你們……有沒有過一見鍾情的經驗？」

做為一個研發部副理，蔣承勳在公司裡的職位雖然算不上多高，但好歹也管理著幾個工程師。

他雖然性格古板，但為人認真負責。下屬犯了什麼錯，他不會在第一時間就急著罵人，而是會幫著一起想辦法解決。如果是萬不得以得通報更上層來處理的問題，他也會將責任擔到自己身上，畢竟他身為主管，沒管理好底下的人是他的失職。

正因為蔣承勳好相處又會護著下屬，在研發部裡很是受人推崇。

只不過相較於其他年齡相近的同事，上班還會偷空聊點日常是非，蔣承勳就比較公事公辦一些，不太把私人的事情帶進公司，大多數同事連他單身非單身、已婚未婚都不是那麼清楚。

所以當蔣承勳驟然拋了這麼一個問題出來，在場的下屬全都愣了幾秒，而後同時沸騰起來，紛紛替他出起了主意。

「我對我老婆就是一見鍾情啊，那時候天天找機會在她面前刷存在感，後來要到電話之後，每天都一定會傳訊息給她，也不一定是什麼有意義的內容，可能就關心一下她的生活，或只是單純和她說聲早安晚安。」

「對對對，重點是要讓她習慣身邊有你，如果她一天沒收到你的訊息就覺得哪裡不對勁的話，代表你已經離成功不遠了。」

「女孩子其實不難追，主要是老大你長得也不差，穿衣風格稍微改一下，然後主動一點，對方一定很快就會淪陷的。」

聽著他們你一言我一語，蔣承勳張了張嘴巴，終究還是沒把那句「不是女孩子」說出口。他想了一下，又接著問：「那如果……對方剛結束上一段感情呢？」

「那就更好辦啦！受了情傷的人心裡通常都是又軟又脆，有時候比一般情況還好攻陷，不過得花比較多時間好好陪伴，陪她一起修復那顆受傷的心，遲早那顆心會變成你的。」

他們講得有點抽象，蔣承動似懂非懂地點點頭。

只是回想起那天，柯狄聽了他衝動下的發言後禮貌而疏離的神情，蔣承動又覺得不會像他們說的這麼容易。

他再見到柯狄已經是半個月後的事了。

儘管在同一棟商業辦公大樓，辦公室又在同一層，可是大概是運氣欠佳，蔣承動連著幾天增加了跑廁所和公共茶水間的頻率，就是從來沒恰好碰上柯狄。

蔣承動才有些失望地想可能他們真的沒有緣分，結果隔天一早在公司樓下的便利商店買早餐時，抬眼就見到自己心心念念的那個人。

蔣承動和柯狄對上眼的時候，人都還沒反應過來，心跳就先自顧自地加速了起來。倒是柯狄反應自然地朝他微微一笑，和他打了聲招呼：「早啊，承動哥，好久不見。」

「啊、嗯，好久不見。」蔣承動嚥了口唾液，盡量讓自己看上去沒那麼不自然，「最近還好嗎？」

「最近有點忙，都還在適應新環境。前陣子報到完就被叫去總公司教育訓練，之後又忙著到處拜訪客戶廠商，比較少進辦公室。」柯狄伸手拿了個三明治，偏頭朝蔣承勳笑了笑，「不過上手之後應該就會好一點了。」

柯狄和他談話時神色如常，就好像根本不記得之前才被蔣承勳砸了一記直球。蔣承勳看著他的反應，心裡鬆了口氣之餘，又隱隱有些難以言喻的失落。

只是感情的事本來就沒有辦法勉強，既然上次柯狄都說暫時不想和人交往，蔣承勳也就沒打算再提這件事。

就如同先前下屬們說的，他想著至少在不讓對方感到反感的情況下，多在他面前刷刷存在感。

買完早餐後，蔣承勳和柯狄一起搭電梯上樓。

正值早晨上班的尖峰時段，電梯裡擠滿了人，蔣承勳儘管想保持禮貌的距離，卻仍不可避免地和柯狄肩並著肩，垂在身側的手也時不時輕輕擦到。

幸好，柯狄並沒有表現出反感排斥的樣子，也沒有在他不小心蹭到他的手背時反應極大地抽開手。

出了電梯，他們一個向右一個向左。

在柯狄轉身之際，聽見蔣承動又喚了他一聲，他應聲回頭，這回對方沒再突兀地扔直球，而是淡淡笑著和他說了一句：「工作加油。」

柯狄微微一愣，眼底旋即漾開笑意，他和蔣承動說「好」，又說：「你也是，工作加油。」

02

第二章

SCANNING…

蔣承動一週大概能見到柯狄三到四次，大多都是在外頭廁所或是公用茶水間，見到時兩人總會小聊上幾句，氣氛尚算融洽，沒有太多尷尬。

柯狄似乎並不排斥和蔣承動相處，和他談笑都相當輕鬆自然，這讓蔣承動心裡踏實了不少，至少先前的一時衝動，並沒有在兩人之間留下疙瘩。

只是沒有疙瘩是一回事，沒有進展又是另外一回事。

柯狄無論是外型、談吐，還是笑起來的樣子、輕輕皺眉的樣子，無一不吸引著蔣承動。越和對方相處他越是心動，越心動就越想了解對方更多。

可是礙於有被婉拒的前例，蔣承動也不敢追得太緊，只能像之前下屬提議的那樣，從慢慢刷存在感開始做起。

作為主管，蔣承動有時會自掏腰包請同部門的同事吃下午茶，今天恰好有個女同事生理期不舒服，下午蔣承動就讓助理小孟去訂點熱的，再來跟自己拿錢。

幾個年輕人討論完決定訂燒仙草，也問蔣承動他要點什麼，本來在忙著出圖的蔣承動停下來想了想，拿過菜單看了一下，最後自己也點了兩碗，加了不同的料。

當然他不是要吃兩碗，只是想著天氣挺冷，等等拿一碗給柯狄暖暖胃。

等到下午三點多，店家將熱騰騰的燒仙草送來，幾個人開開心心地休息分食，小孟把蔣承勳的兩碗放到他的辦公桌上，蔣承勳揉揉看螢幕看得發痠的眼角，輕聲道謝。

蔣承勳暫時放下工作，點開和柯狄的聊天視窗，指尖在鍵盤上敲打出一行問句，問他現在人在不在公司，打完到送出中間又隔了兩分鐘，才提著口氣按下傳送。

直到現在認識一陣子了，他每一次傳訊息給柯狄的時候，還是會不由自主地感到緊張。

柯狄很快就已讀了，先是回他一個問號，又問他怎麼了。

蔣承勳長長地出了口氣，左手握著燒仙草溫熱的塑膠碗身，右手停在鍵盤上，又打了一句——方便出來一下嗎？

這次柯狄已讀了卻沒有回，也沒有問他要做什麼，蔣承勳摸不太準對方的意思，決定去外面碰碰運氣。

幸好他運氣還不錯，一踏出公司門就看見不遠處樓梯口站著的熟悉人影，蔣承勳嚥了口唾液，音量不大不小地喚了聲：「Kody。」

柯狄聞聲抬頭，嘴角勾起一抹笑意收起手機，「正想問你要做什麼，怎麼啦？」

蔣承勳幾步上前，將手裡還溫溫熱熱的燒仙草往柯狄面前遞，「那個我……我剛請同事吃下午茶，忘記有一位今天請假，多訂了一碗，你……吃燒仙草嗎？」

蔣承勳實在不擅長說謊，侷促又吞吐，柯狄一眼就看得出來同事請假只是藉口，但他沒戳破，只看了一眼貼在碗上、對向他的貼紙，有些不好意思地笑了笑，「抱歉，我對花生過敏。」

蔣承勳愣了一下，將碗轉過來，果然看見貼紙上印著花生、芋圓、紅豆的字樣，「啊，對不起，我不知道……」

「沒關係，我也沒說過，你不知道是正常的。」柯狄笑笑，「不過還是謝謝你的好意。」

話是這麼說沒錯，可是蔣承勳心裡多多少少還是有些失落，試著跨出一步示好，卻因為沒有事先了解清楚，而弄得現在場面有些尷尬。

見蔣承勳失望得相當明顯的表情，柯狄有些不忍心，正想說點什麼緩和一下氣氛，卻聽見對方先一步開口：「那你……還有什麼不吃，或不能吃的，可以告訴我嗎？」

柯狄沒料到蔣承勳會接著這麼問，頓了頓才笑著說：「其實我很挑食，除了對花生和芒果過敏，蔥和薑我也不太吃，茄子皮蛋苦瓜番茄南瓜等等我也不吃，太多了，一時說不完。」

蔣承勳有些意外，畢竟上次和柯狄吃飯的時候也沒留意到對方有挑掉些什麼，不過也是，畢竟都成年了，可以自由選擇喜歡的、避開討厭的。

說到底還是上班時間，蔣承勳不好耽誤柯狄太久，雖然第一次嘗試噓寒問暖就失敗有點受到打擊，不過至少透過這次經驗，讓他知道一些柯狄忌口的食物，倒也不算毫無收穫。

「這些我記住了，下次會注意。」蔣承勳點點頭，顯然已經不記得自己剛才是拿同事請假作藉口，才把柯狄叫出來，「你先回去吧，不好意思耽誤你的時間了。」

「不會，別這麼說。」柯狄不甚在意地擺擺手，「正好工作到有點悶，出來透透氣。而且你也是好意，我才要謝謝你。」

蔣承勳端著那碗多訂的燒仙草去而復返，同組的其他人都看得出來他臉上有著平常少見的低落，連之前案子出包、幫他們扛責任挨罵的時候，都不曾有過這種表情。

結合上次問他們一見鍾情的經驗談一事，幾個人很快就有了猜測，小心翼翼地湊到蔣承勳身邊。

「老大你……燒仙草沒送出去啊？」

作為年資最淺，但個性最外向最敢說的周瑀歡這麼問道。

蔣承勳低低應了一聲沒有否認，只說：「是我沒先問清楚，他對花生過敏，不能吃。」

其他人又安慰了他幾句，鼓勵他下次再接再厲。

蔣承勳沒再多說什麼，很快回到工作模式，要他們別閒聊了趕快把工作弄一弄，今天週五就早點下班，別拖太晚。

柯狄回到辦公室，坐回堆了一堆待處理文件夾的辦公桌前，看著滿桌的待辦事項輕嘆了口氣。

蔣承勳的念頭實在是太明顯，要是以前他早就主動拉開距離了，甚至連訊息都不會回，可是面對蔣承勳，除了最開始婉拒他突如其來的直球以外，隨著之後的相處，他好像一直很難真正硬下心腸，完全不搭理對方。

可能是蔣承勳態度相當誠懇，也沒有那種因為喜歡就急於探究他過深隱私的侵略性，和他從前遇過的幾個追求者，或交往過的幾個對象都不太一樣，讓他雖然暫時還沒有想進一步發展的意思，但也沒有想要刻意保持距離。

前段感情確實讓他摔得頗慘，也是真的沒有想這麼快走入下一段，但並不代表他這輩子就都不打算談戀愛了。等心傷痊癒，有適合的對象，無論那人是不是蔣承動，他也還是會想再試一試。

反正就順其自然吧，柯狄心想。

晚上八點出頭，柯狄將最後一份文件放到早就下班去過週末的主管桌上，這才準備打卡回家。

等電梯的時候他偏頭往蔣承動他們公司看了一眼，果然大門都已經闔上，前頭的燈也關了，看起來是人都走光了。

柯狄不怎麼在意地收回視線，走進剛開門的電梯。

他在騎車前先用外送**APP**叫了份餐點，盤算著到家的時候餐點也差不多送到了，卻沒想到騎了二十多分鐘回到家停好車，再點開手機的時候，發現餐點已經顯示送達了。

他明明一個人住，住的地方又是開放式社區，也沒有管理員會幫忙代收，柯狄輕輕皺眉，剛想聯絡客服投訴，腦中突然閃過一個可能。

果然上了樓，就看見一個不該出現在這的男人靠在他家大門邊，手裡拎著他早前訂的外送的紙袋。

「曹振澧，」柯狄有些煩躁又有些無力地將這三個字用力咬在齒間，問他，「你又來做什麼？我剛下班累得要命，沒力氣應付你。」

「你別這樣，我們好好談一次。」一見到柯狄回來，曹振澧立刻討好地迎上前去，「你看你，我一不在，你自己一個人又吃這些沒營養的東西，我買了點菜，做你最喜歡的炸醬麵給你吃好不好？」

「不好，我從來都不愛吃你煮的那些東西，是你被誇了兩句就自以為我喜歡。」這人自說自話到柯狄簡直想翻白眼，他一把奪過被對方緊握在手裡的紙袋，拿著鑰匙開門，「我們之間也沒什麼好談的，滾。」

「Kody……」曹振澧手擋在門框上不讓柯狄開門，低聲求他，「我等你兩個多小時，不能給我二十分鐘嗎？十分鐘也行，一下下就好。」

「十秒鐘也不可能。滾，不要讓我再說第三次，不然我真的就報警了，別以為我不敢。」

柯狄冷冷地回道，把大門拉開只夠一個人通過的縫，很快擦過曹振澧的肩膀側著閃身進去、俐落地關門上鎖。

外頭的曹振灃又拍了好幾下門，叫了好幾聲柯狄的名字，柯狄置若罔聞，甚至沒開客廳的燈，拎著晚餐就窩回房間。

反正曹振灃臉皮薄，等隔壁鄰居聞聲出來的時候，大概就會走了。

他一邊吃著遲來的晚餐，一邊配著手機隨意地滑著新聞，吃到一半的時候蔣承動的訊息突然跳了出來，柯狄頓了一秒，咬著筷子點開來。

最先映入眼簾的是張有點不明所以的照片，看起來像是煮開的火鍋，占據畫面最多的是騰騰白霧，這構圖能力爛到柯狄忍不住一笑，剛想回個問號，蔣承動的第二則訊息就跳了出來。

蔣承動：公司附近新開的一間火鍋店，剛剛和同事去吃覺得還不錯，不曉得你下週有沒有空，找一天下班一起去吃？

蔣承動這種邀約的訊息總是來得這麼巧，上一次是曹振灃死乞白賴地留在他家，這一次又是被曹振灃堵在家門前，這命中率準得柯狄都覺得不可思議。

雖然蔣承動拍的照片看起來實在和「好吃」沒有太大的正相關，可是依然那樣誠懇的語氣讓柯狄有些猶豫而動搖。

他邊吃邊想，最後放下筷子，輕出了口氣，指尖緩慢地點著螢幕回覆。

——好啊，我週三不用加班。

要知道一個人有多挑食，和他吃頓火鍋就對了。

上次只是聽柯狄口頭講，蔣承勳沒料到對方說的挑食是真的挑，從菜盤送上桌到現在不過十分鐘的時間，柯狄已經問了他吃不吃好幾樣菜，只要蔣承勳點頭應聲說吃，他就把問的那些菜丟進對面的鍋子裡。

蔣承勳一邊看一邊記，豆腐不吃、香菇不吃、玉米不吃、南瓜不吃……等柯狄把菜盤清空了，蔣承勳面前的鍋也差不多快滿了。

「你這樣……」蔣承勳用湯勺在自己的鍋子裡攪了攪，有些納悶地問，「真的吃得飽嗎？」

柯狄有點不好意思地抬手摸了一下脖子，笑道：「所以我多點了一盤肉。」

撇除那些已經配好的料沒辦法自由選擇以外，柯狄其實滿喜歡吃火鍋的，他口味重，點了份麻辣湯底，又調了份紅通通的蘸醬，不太能吃辣的蔣承勳看得舌根都隱隱發麻。

可能是蔣承勳一直盯著，柯狄便夾起一片剛涮好的牛肉，問他：「要吃吃看嗎？這家真的滿好吃的。」

蔣承勳聽人家說過，分享食物也是讓關係更進一步的方法之一，可是他看著面前那塊還沾著些許辣椒末的肉片，嚥了兩口唾液，還是搖頭婉拒，「先不了，我不太能吃辣。」

「那太可惜了。」柯狄遺憾地將筷尖上的肉一口吞進嘴裡，「我媽生我的時候大概吃了很多辣椒，我從小就愛吃辣。」

蔣承勳看著他嚥下後，面不改色地又從滿是辣油的鍋裡撈出幾片肉，猶豫了半晌，還是硬著頭皮開口：「看你吃得這麼香，不然我……試一點看看吧？」

柯狄笑笑地夾了片肉到蔣承勳碗裡，邊和他說：「平常不吃辣的話你過一下清湯，應該會比較好入口一點。」

蔣承勳照著柯狄講的，盛了碗清湯，把肉片在湯涮過了兩圈才夾進嘴裡，結果一口下去，還是被直竄腦門的辣度嗆得不停咳嗽，咳得臉都紅了，眼角也溼了。

柯狄沒料到他會嗆成這樣，連忙去飲料機旁裝了杯冰水回來，還順手幫他拍了幾下背順順氣，才坐回自己的位子。

「你沒事吧？」待蔣承動稍緩了些許，柯狄有些歉疚地說，「抱歉啊，沒想到你還真的不能吃辣，早知道就阻止你了。」

蔣承動將那杯冰水一口氣灌了下去，喉嚨的灼熱疼痛感才消退了一點，他又抽了張面紙擦擦眼角和鼻子，整張臉到脖子都還是紅得不行，也不知道是嗆到還是羞恥造成的。

「沒有，是我自己想試看看的。」蔣承動不好意思地笑笑，吐著舌哈了好幾口氣，嗓音都啞了一點，「真的好辣啊，高估我的嘴了。」

柯狄看著他紅得隱隱有些發腫的嘴唇，又要再拿他的空杯子去裝水，蔣承動卻抬手擋了一下，說沒關係自己來就好。

本以為蔣承動是不好意思麻煩他，柯狄也沒多加堅持，收回了手讓他自己去，誰知那人端著水再回來的時候，手裡還多了一小碟辣椒末。

「看你辣椒快沒了，幫你裝了一點。」蔣承動輕輕把碟子放到柯狄面前，還是提醒他，「不過愛吃也別吃太多，過量對身體不太好。」

柯狄盯著眼前的小碟怔然了一小片刻，但又很快地反應過來，笑著向蔣承動道謝。

兩個人第二次坐在一起吃飯，畢竟也認識一陣子了，和前次相比起來互動和氣氛都自然融洽了許多。

蔣承動這次沒有再冒然投出直球，從始至終一直保持著得當的距離，紳士有禮，不逾矩、不唐突。

這餐最後是柯狄買單，蔣承動沒和他搶。

這也是聽別人的經驗談，說這樣你請一次、我請一次增加兩人之間的交流，也能更增進彼此的關係。

所以當柯狄結完帳後，蔣承動順勢就接了一句，「下次換我請你。」

柯狄把手機塞回褲子口袋裡，很自然地回道：「好啊。」

之後好一段時間，他們都保持這種偶爾一起吃頓飯的關係，蔣承勳請吃下午茶的時候、老家朋友寄水果來的時候，都會特意多留一份給柯狄。

柯狄也不好意思總是吃他的，有時候同事揪團訂飲料他也會多訂一杯給蔣承勳，或是放假去哪裡玩買了名產回來分送的時候，也總會想到對方。

兩人有來有往，關係雖沒有什麼實質上的進展，但也確實互相熟悉了不少。

直到將近半年後的某一天，柯狄在工作上碰到了一點狀況。

柯狄的公司是做一些醫療用品的零組件，工廠和辦公室是分開的，工廠在離了一段距離的工業區裡。而他作為業務，手上除了有些公司既有的案子，還有幾個自己開發的新客戶。

本來已經和其中一家客戶說好上週要寄新樣品給對方，可是工廠卻臨時跳票，讓他不得已只能硬著頭皮向客戶道歉，並把交貨日期延到一週後的今天。

結果今天下午業務助理小君接到工廠的電話，說有另一位年資比較長的業務也有個樣品要趕，急迫性更高，柯狄的東西今天可能來不及完成。

小君是個大學剛畢業的女孩子，社會經驗尚且不足，覺得工廠這樣不合理，卻又吵不贏對方窗口，講到後面眼淚都快掉出來了，氣呼呼地掛了電話，哭喪著臉轉過去問坐在她後面的柯狄該怎麼辦。

怎麼辦？柯狄也想問。

客戶端都已經要組裝驗證了，就差他手上的樣品，無論如何都一定要趕上今天的班機出口，才不會影響到後續安排生產的進度。

他讓助理先準備文件，自己打電話到工廠，從生產部一直溝通到品管部，一個部門追著一個部門問進度，喬了很久才終於談妥。

可是當樣品送到他手上的時候已經晚上七點了，早過了快遞公司的截止收件時間，他得趕在八點以前親自送到機場，樣品才有機會搭上今天的班機出去。

柯狄平常上下班通勤都是騎機車，他雖然有汽車駕照但沒有買車，也還不到公司能申請公務車的年資。要寄的樣品不小，怎麼把東西送去機場就成了一個比較麻煩的問題。

本來有個同事說可以幫忙載他過去，然而快下班時卻臨時有急事，和他道了歉就匆忙趕回去了。柯狄沒有辦法，雖然不太划算，但想來想去還是只剩下搭計程車這條路。

他就是在等電梯的時候碰到蔣承勳的。

蔣承勳大概也是剛下班，看柯狄抱著一個很大的箱子，想幫忙又不知道從何下手，只能幫忙擋著電梯門讓他先進去，邊問他扛著這麼一大箱要去哪裡。

從七樓到一樓距離並不長，柯狄只能簡短地帶過今天發生的事，並說自己剛剛叫了計程車要趕著去機場，不能和蔣承勳多聊。

蔣承勳抬手看了一下手表，在到達一樓電梯門打開之際，主動提議，「我開車送你過去吧？這裡到機場有一段距離，你計程車來回車資也不便宜。」

這的確是柯狄糾結的一點，這樣一來一回的車資他一天的薪水就去了大半，為了替工廠的不負責任買單實在不太划算。

電梯門開的時間很短，柯狄猶豫了片刻，問：「這……你方便嗎？會不會耽誤到你的時間？」

蔣承勳怎麼可能會覺得被耽誤，他根本巴不得能多載柯狄幾趟，連忙搖頭說不會，並按下關門鍵，讓電梯下到地下二樓的停車場。

既然決定要送他去機場了，蔣承勳很自然地接過柯狄手上的箱子，那箱子看起來大，實際上還滿輕的，蔣承勳單手托著，另一手開了後車廂，小心地輕輕把箱子放進去。

「這個時間可能會塞車，我盡量開快點。」蔣承勳坐回駕駛座繫上安全帶，在柯狄報出地址後設好導航，又看了一眼時間，「八點前應該可以到。」

柯狄誠心道謝：「謝謝，麻煩你了。」

柯狄靠在副駕駛座的椅背上，等車子開上路面有訊號之後，趕緊取消剛才叫的計程車，之後又回覆了客戶傳來的催貨訊息，一切都聯絡完畢後，他才終於鬆了口氣，微微側頭看向身旁幫了他一次忙的男人。

蔣承勳開車的時候相當專注，目光筆直地看著前方，沒有一絲一毫分神。車子開得很快卻也很穩，柯狄沒多久便收回視線，一直懸著的心緩緩落了下來。

最後他們趕在八點前十分鐘抵達快遞公司在機場的收貨站，東西有驚無險地踩線出去了。

柯狄回到車上，又再次向蔣承勳道了謝：「今天真的謝了，我欠你一次。」

蔣承勳正要重新發動車子，聞言輕皺了一下眉，回道：「你沒有欠我，別這麼說。那什麼……朋友間互相幫忙不是很正常的嗎？」

「那我至少也得請你吃頓飯，畢竟你幫了我大忙。」柯狄說，「等一下一起吃個晚餐吧？」

「這倒是可以。」蔣承勳點點頭，「隨便吃就行，我不挑食。」

回程的路上氣氛輕鬆了不少，柯狄這才抱怨起工廠種種不公平的差別待遇，蔣承勳當起稱職的聽眾，時而應和，時而以出社會多年的過來人身分給他一點意見。

說到後面柯狄長嘆了口氣，由衷感嘆道：「還好今天遇見你，不然我可能要氣上大半個月。」

蔣承勳語氣認真地回他：「以後要是有什麼需要幫忙的地方，都可以直接跟我說，不用客氣。」

前頭正好一個紅燈，蔣承勳緩緩踩下煞車停下來，側頭往副駕駛座看過去。

月光與路燈的微光交雜著穿過車窗，柔柔地落在柯狄臉上，那張平常總是帶著溫和笑意的臉多了幾分他沒見過的情緒。

蔣承勳覺得很新鮮，不由自主地多看了幾眼，在燈號轉綠之前，忽然有些突兀地小聲問了一句：「我這樣……有加點分嗎？」

柯狄驀地一怔，這半年間兩個人的互動很是平凡，蔣承勳除了不定時送送食物以外，再也沒有像他們第一次吃飯時那樣，直接投上一記讓他措手不及的直球。

平日裡的閒聊也都是些無關緊要的日常瑣事，相處就和普通朋友一樣差不了多少，讓他偶爾會忘記，身旁的這個人其實對自己有意思。

柯狄一直想不透自己到底哪裡吸引蔣承勳，可能是臉，或者是聲音、言行，他不清楚。

說實話他不太相信一見鍾情，畢竟在完全不了解一個人的情況下，產生的情愫太模糊而脆弱，就算真的有所發展，也不一定能夠長久。

但這段日子和蔣承勳為數不多的相處，卻又是真的很輕鬆愉快，蔣承勳的進攻並不強勢，沒給他帶來什麼壓力，他不用像平常面對同事或客戶時，總得戴著副應酬般的假笑面具。

柯狄回過神來，車子已經重新駛在車道上，蔣承勳像是剛才什麼都沒說一樣，繼續專注地看著前方。

柯狄張了張嘴，開口之前先笑了一聲，才半開玩笑回道：「當然，少說加了二十分。」

蔣承勳順勢接話：「那……等加到滿分的時候，我能夠正式追求你嗎？」

柯狄偏過頭，明明車裡燈光昏暗，他還是隱約能看見蔣承勳露在外面的耳朵紅了一片。

柯狄眨了眨眼，唇角微微勾動了一下，輕聲應道：「你不是……一直都在追嗎？」

03

第三章

車裡的氛圍一度有些曖昧。

柯狄說完以後車內沉默了許久，蔣承勳是緊張得不曉得該講什麼，柯狄則是轉回頭認真地在想些什麼。

自從換了工作以後柯狄每天一直都很忙，從一開始必須要快速適應新環境，到現在雖然比較穩定了，卻也是每天都在工廠和客戶間周旋，忙得幾乎沒有空靜下來細想其他事情。

其中當然包括感情。

柯狄身邊其實一直不缺乏追求者，蔣承勳並不是唯一一個。

他那些三五好友在得知他和曹振澧分手後，就四處張羅著幫他介紹對象，其中也有一些比較主動的，但他始終都保持著禮貌而疏離的距離。

就像蔣承勳第一次投直球時，他委婉地拒絕了對方一樣。

那些追求者裡，有的只是圖個短暫的貪歡，意圖明晃晃地表露在言行舉止上。有的是認真想和他長期發展，卻耐心不足，死纏爛打了幾週未果，就惱羞成怒地說他假清高，說他擺架子不知道要刁難誰。

只有蔣承勳不同，他在被拒絕一次以後看似退卻了，實際上又好像沒有。

柯狄現在回頭想想，蔣承勳的追求是最溫潤如水的，並不急於強勢地侵占他生活圈的其中一角，而是一點一點，用自己的關心與體貼慢慢滲入。

「老實跟你說，我現在暫時還是沒有想談戀愛的打算，工作太忙了，沒什麼時間想這些。」良久的靜默過後，待車子開回到熟悉的市區時，柯狄才再度開口，「我確實不排斥跟你相處，只是我不想好像在吊著你一樣，有些事還是要先說明白，你要追當然可以，但我沒辦法現在就肯定地告訴你，最後我一定會給一個你想要的答覆。」

「我知道。」蔣承勳這次回得很快，「感情不能勉強，我知道。我第一次追人，以前沒有經驗，如果哪裡讓你覺得不舒服，你告訴我，我會改。」

「像現在這樣就滿好的，慢慢來吧。」柯狄靠著椅背，夜晚的街景在餘光中迅速倒退，他想了想又多補充道，「如果這中間你追累了，或遇到別的更吸引你的人，也不用顧慮什麼，隨心就行。」

他替彼此留了條後路，無論這段關係之後怎麼發展，誰也不需要有負擔、有壓力。

縱然蔣承勳覺得自己短時間內應該很難再對誰動心，聞言還是順著柯狄的話應道：「好，我知道了。」

柯狄大學時期玩得比較凶，和一部分離家讀書的同學一樣，少了家庭的束縛，自然就更放開了玩。

那時候他經常和朋友夜衝夜唱，也頻繁跑夜店。

也許是隨和開朗的性格使然，他交際廣朋友很多，不一定都是交心的那種，但只要出去玩大多都會想到要找他一起。以至於那時候隔三差五就有約，玩的時間遠比讀書要來得多上許多。

後來畢業當兵、出了社會以後，大家的生活都被工作填滿，約當然還是會約，只是變得多是以簡單吃個飯、聚一聚聊聊近況為主，再加上那時候身邊有固定的伴侶，夜店酒吧那種聲色場所，柯狄後來就比較少去了。

這天正好是一個關係比較好的學姐生日，柯狄應邀赴約，去了才知道學姐的男朋友斥資包下市區裡人氣最高的一家夜店，請來很多學姐從以前到現在的各路親朋好友，轟轟烈烈地在這個特別的日子求了婚。

柯狄事前不曉得還有這個橋段，本來只想著過來送送禮物小聊一下，沒打算久待，結果經過這麼一齣，他也就乾脆留下來湊個熱鬧，順便和幾個久未見面的朋友聯絡聯絡感情。

最能讓許久不見的朋友迅速熱絡起來的話題當然就是近況和八卦，柯狄端著酒杯正和人聊著以前那個誰誰最近奉子成婚、誰誰誰又出軌偷吃被抓包，聊得正開心，忽然一隻手按住他的肩膀，一位漂亮的短髮女人翩翩落坐在他身旁的空位。

「嘖，你說你當初怎麼就想不開，看上那麼一個垃圾。」蘇巧茹翹著一雙長腿，擦著酒紅色指甲油的手指搭在柯狄肩上，「嘖嘖」兩聲，感慨地搖了搖頭，「他前兩天都找到我店裡來了。」

蘇巧茹和柯狄高中就認識了，也是最早知道他性向的人。

高中時他們的感情一度好到所有人都以為他們是一對，只有蘇巧茹一個人知道，柯狄那時候正偷偷和一個學弟交往，她只不過是掩人耳目用的煙霧彈罷了。

儘管柯狄當初跟學弟交往的時間並不久，但後來她還是當了很長一陣子的煙霧彈，直到臨近大學畢業前，柯狄公開出櫃，蘇巧茹這才卸下重擔。

柯狄談過的每一段戀愛蘇巧茹都知道，每一任男朋友柯狄都介紹給她認識過，好的不好的也許當局者迷，但她這個旁觀者看得很清。

曹振澧是她唯一看走眼的一個。

她知道柯狄一直都喜歡年紀小的，年紀小有年紀小的優點，同時也伴隨著幼稚沒定性等缺點，但意外的是蘇巧茹對曹振澧的第一印象還算不錯，雖然現在事後想想，可能只是對方裝得好。

那兩個人交往之初就很穩定，幾乎沒吵過幾次架，到後來同居了，蘇巧茹一直都沒怎麼擔心過。

誰知在她以為他們兩說不定能成為自己身邊第一對結婚的同性伴侶時，某天晚上柯狄難得約她出來喝酒，悶頭一連灌了好幾杯濃度極高的烈酒，等頭開始微微發暈了，才坦白交代自己被曹振澧戴綠帽了，那傢伙還把人帶回他們同居的家。

自那以後垃圾就成了蘇巧茹對曹振澧的代稱，她雖然總笑柯狄眼光爛，說到底還是心疼自家好友這幾年付出的感情被人糟蹋。

「去妳店裡幹嘛？」柯狄不怎麼在意地嗤笑了聲，諷刺道，「帶新歡做指甲啊？」

「找我幫他說情，說個屁。」蘇巧茹也扯動嘴角冷冷一笑，「我男朋友那天輪休剛好在我店裡，沒看清楚以為他是哪個糾纏不清的追求者，把他揍了一頓，可惜才揍沒兩下那傢伙就跑了，沒把他扁到他爸媽都不認識。」

「別為了那種人把事情鬧大，不值得。」

「你也知道不值得！你說你那三年多不值得啊！」

「茹姐息怒茹姐息怒。」柯狄賠笑著替她倒了杯酒，和她輕輕碰杯，「都過大半年了，值不值得我也早就放下了。」

蘇巧茹沒好氣地「哼」了一聲，還是接過柯狄遞來的酒，豪氣地一口飲盡，「說起來，上次介紹給你的那個弟弟怎麼樣？你們還有在聯絡嗎？」

不提還好，一提到這個柯狄就頭痛。蘇巧茹介紹的那個弟弟就是最死纏爛打的那一個，追求不成便到處放話說柯狄難搞。

「饒了我吧大姐。」柯狄苦笑道，「那個弟弟太沒耐心了，認識不到一個月就想要交往，拒絕他就惱羞成怒，逢人就說我難搞。這圈子這麼小，我就算真想再發展新一春，人也都被他嚇得跑光了。」

蘇巧茹沒想到自己介紹的人這麼不可靠，咋了一下舌小聲喃喃：「你也不早說，下次見面我再好好教訓教訓他。」

話題既然都帶到這了，周圍幾人又紛紛開始作媒，翻著交友圈找可以推銷給他的對象。

柯狄興致缺缺，左看一眼右看一眼都沒什麼興趣，最後乾脆摸出自己的手機，慵慵懶懶地靠著椅背，點開放置了好一陣子的蔣承勳傳來的訊息。

今天是週末，蔣承勳帶外甥去動物園玩，下午的時候傳了好幾張照片給他，有只拍到頭的羊駝、跳起來糊成一團的雞、藏在樹葉後面只看得到屁股的無尾熊。

他看著那些照片時，一邊想怎麼有人的拍照技術能差成這樣，一邊又想像蔣承勳苦惱地拿著手機對準卻怎麼也拍不到重點的模樣，覺得既好笑又可愛。

傍晚臨近出門前，柯狄只是隨手回了蔣承勳一句「拍點熊貓吧我喜歡熊貓」，過了幾個小時再點開訊息，聊天視窗就被一整排的熊貓照片洗板了。

愣然之餘又覺得好像沒那麼意外，蔣承勳就是這樣的人，他不過是隨口提的一句喜歡，都能被那人認真以待。

有幾張照片裡的主角從熊貓變成一個四五歲大的小男孩，大概是蔣承勳的外甥，在玻璃前面模仿著熊貓的動作，比他舅舅還會擺姿勢。

「你在看什麼？笑得這麼春心蕩漾。」蘇巧茹見柯狄專注在自己的手機上不理他們，便湊過來看，誰知剛好撞見柯狄點開一張小男孩的照片，愣了一愣震驚道：「不是吧 Kody，我知道你喜歡幼齒的，但這麼幼齒的是犯罪啊！」

「滾。」柯狄笑著罵了一句把照片滑掉，避免這些心思齷齪的叔叔阿姨們對小孩子有太多不健康的遐想，「犯罪個屁，那是我朋友的外甥。」

「哪個朋友啊？」旁邊不知道誰曖昧地丟來一句，「是普通朋友還是正在發展中的朋友？」

「就只是還在互相了解中的普通朋友。」

柯狄頭都沒抬一下，敷衍地應了一聲。

他低頭回著訊息，身邊都是很熟的朋友，也不是傳什麼煽情撩撥的內容，不怕他們看。

後來應朋友起鬨，柯狄半推半就地點開蔣承勳的大頭貼給他們看，可能是蔣承勳那張照片實在太僵太呆了，周圍安靜了短暫幾秒，隨即爆出一片笑聲。

這片笑聲含了多少嘲弄在裡面，柯狄心裡清楚。

以往他身邊有些條件不怎麼樣的追求者，這群人也總會戲謔地開幾個沒營養的玩笑，以前柯狄都不怎麼當一回事，覺得就是這些人嘴巴賤而已，只要自己不攪和進去，就和他沒什麼關係。

他也不曾因為這些人的口無遮攔感到不快過，畢竟那些人都只是單方面的追求者，柯狄並沒有將他們劃分在自己人的範疇裡面。

可是同樣是追求者，此時此刻看他們對蔣承勳帶著嘲笑地品頭論足，心裡隱隱有點莫名不舒服的感覺。

偏偏這時還有個不會看臉色的朋友，笑著調侃他：「Kody，你現在是吃膩嫩草，改吃老牛啦？這人看起來也太土了吧。」

其他人也紛紛應和，有的嫌蔣承勳看起來年紀大、有的說蔣承勳雖然五官好像都長得很端正，湊在照片上卻看起來很呆板。

反正說來說去都不是什麼好聽的話，柯狄聽了一陣子就覺得煩了，關了螢幕不給他們看。

他將手上的空酒杯擱到桌上，力道不輕不重，玻璃杯底碰到大理石桌面，發出脆亮的一聲叩響，他的嘴角淡淡一揚，說：「差不多就好了啊，再說下去就太超過了。」

柯狄很少這麼護著外人，這話一出幾個熟人就知道玩笑不能再開下去了，再講他就真的要生氣了。

「長得是還可以啦。」和他認識最久的蘇巧茹雖然也很意外他為外人說話，還是客觀地評價道，「至少看起來挺老實的。」

「老實？」柯狄笑了一下，手指摩挲著冰涼的手機螢幕，微暈的腦海裡勾勒著蔣承勳平常和他相處的模樣，「老實好啊，老實點才沒那麼多心術，不會成天只想著怎麼搶我客戶、還不知不覺就給我戴綠帽。」

蔣承勳最近過得不太順利。

臨近年底，手上的工作量大增，自己都已經快要忙不過來了，偏偏底下的人又出了大包，讓他這個做主管的還沒弄清楚狀況，開早會時就先挨了一頓訓斥。

後來好不容易搞清楚究竟發生了什麼事，主因是他底下的一名工程師和業務端溝通不良，業務那邊接的新案客戶光圖面就反覆改了近十次。

按他們一般的流程，業務在收到客戶需求時會先自己審過一次，再把圖面傳給工程師確認有沒有問題，等到全部都確認清楚後才會正式開案製樣。

今天會出問題，就是因為客戶反覆修改了太多次，磨光了負責的業務和工程師的耐心。

改到最後一版時，業務傳來的圖只圈出了幾處位置，和工程師說有調整，工程師就真的只看那些地方，沒有認真核對其他部分，導致最後做出來的樣品都到客戶手上了，才發現有一處的關鍵尺寸和最終圖面不符，整批樣品被拒收。

嚴格說起來這件事也不能全怪工程師，不只業務有責任，客戶自己回簽時也沒注意到。但疏忽就是疏忽，因為沒耐性而犯下的錯更是難辭其咎。

蔣承勳在了解情況後，自己接下這件案子後續重新製樣的所有工作，包括重審圖面、聯絡工廠、親自下產線跟進每個環節的進度，最後終於趕在一週內把新樣品生出來給業務。

做這些的時候他手上的其他工作當然也不能耽誤，這一整週他每天都是公司裡最早來最晚走的，忙得連和柯狄好好聊會天的機會都沒有，只能用零碎的時間傳幾句無關緊要的問候訊息，又接著埋頭繼續工作。

等這件事終於告一段落，蔣承勳趁著一天下午約談了負責這個案子的工程師周瑀歡。

周瑀歡是他底下幾個工程師裡資歷最淺、最年輕的一個女孩子，人長得漂亮、性格開朗、平時嘴又甜，混在研發部一群男人中自然是最受寵的對象。

這次出了包蔣承勳替她收了多久的爛攤子，她就愧疚了多久，連帶都不太愛笑了，成天憂愁得像是馬上就要被炒魷魚似的。

被約談也是周瑀歡意料之內的事，倒不如說她更希望蔣承勳早點約談她，把她罵一頓也好，她才不會每天看著蔣承勳濃重的黑眼圈，就愧疚得都快抬不起頭來。

「知道我為什麼找妳嗎？」

小會議室裡，蔣承勳坐在周瑀歡對面，神情嚴肅不帶一絲笑意。

平日的蔣承勳在他們這些下屬眼裡，一直都是很溫和的人，很少會擺主管的架子，像現在這麼嚴厲的模樣周瑀歡還是第一次看到。

她緊張地下意識搓著手，支吾了半晌才低著頭小聲道歉：「老大對不起，我錯了……」

蔣承勳見她這副模樣忍不住輕嘆了口氣，指尖在桌面敲了兩下，說：「妳該道歉的對象不是我。這件事造成的影響可大可小，萬一今天客戶膽子很大，決定不做樣品就直接量產呢？那就不是拜託工廠加班趕出樣品可以解決的事了。」

蔣承勳沒有生氣，他一向就事論事，今天是自己底下的人出問題，他就得把這件事開誠布公來談，避免日後再發生相同的狀況。

「我知道妳心裡覺得委屈，明明業務也沒有看清楚，為什麼最後責任都推到我們頭上？」蔣承勳語速不快，語調也很平淡，卻字字句句都戳在周瑀歡的心頭上，「但妳回頭想想看，當客戶的圖面改了八次九次，甚至改到第十次，妳有沒有每一次都重新核對跟之前的圖面有哪裡不一樣？還是覺得客戶改了太多次很煩，改來改去還不都差不多，最後業務說改了哪裡就只看那裡？」

周瑀歡被說得無地自容，確實就如蔣承勳所述，早在客戶改到第三次的時候她就有點不耐煩了，之後手上其他的工作一多起來，這件案子她便沒再投入更多的心力，敷衍了事隨便做完，然後就出包了。

「是我的問題，對不起……」

「我們的工作是為了推動產品順利生產，不能因為客戶要求很多、因為很煩，就意氣用事。」蔣承勳語重心長說到最後，只希望周瑀歡能夠聽進去，「往後三個月，只要是妳手上的案子，回給業務之前都要先給我看過，我批准簽名了才能送出去，三個月後再視情況調整。」

周瑀歡猛然抬頭，有些錯愕地道：「可是老大，這樣你的工作……」

「我自己會安排時間，妳不用擔心。」該說的都說完了，蔣承勳的態度放鬆了一點，先前一直沒有弧度的嘴角稍稍揚起，繼而說道，「早會的時候我也和上面提過了，這次的事情不會由我們負全責，但無論如何對上頭還是得給個交代，讓他們相信未來我們不會再發生一樣的問題。」

周瑀歡眼眶泛紅，深深吸了口氣，「我知道了，謝謝老大。」

「好啦，沒事了。」蔣承勳淡淡一笑，向她擺了擺手，「去忙吧，過去就過去了別再回頭想，以後認真一點。」

這頭的蔣承勳剛解決一樁煩心事，換柯狄工作遇上了瓶頸。

年底歐美準備開始放聖誕假期，各個客戶都紛紛提前拉貨，要趕在放假前收到東西。好幾個業務為了業績都在爭搶有限的產能，連帶造成工廠負荷不來，讓一些搶不贏的訂單交貨日期連連跳票。

柯狄手上的訂單就是其中之一被跳票的案子。

不過這對他來說都還算好解決的問題，畢竟有上次親自跑機場寄件的經驗在前，他後面就學乖了，告知客戶的交貨日期都比工廠回覆給他的還要多上幾天，留下相對寬鬆的餘裕。

對他來說現在最為瓶頸的事情，是和手下的助理實在磨合不好。

在小君第三次因為問不到跳票產品的確切進度憤而掛斷電話，又轉過頭來問他該怎麼辦時，柯狄按了按痠脹的額角，有些無奈地和她說：「應該是我要問妳該怎麼辦才對吧。」

「可是他們窗口一直推拖，就是不正面回覆我啊！」

他看著眼前又氣又委屈的女孩子，只是平淡地反問：「除了問他們出貨的窗口，妳還問了誰？」

「我……」

「妳只問了一個人，問不到就轉頭問我該怎麼辦。」柯狄沒等對方把話說完，就逕自接話，「我說過很多次了，妳是我的助理，妳的工作應該是要幫忙解決問題，而不是把所有問題通通丟給我。追不到進度妳可以問生產部的主管，甚至可以去問各條產線的負責人，一個問不到，就問兩個、問三個，總會有人告訴妳。」

柯狄的語氣並不嚴厲，說完也沒有要她繼續去追，只是接著說：「妳想一想吧，我晚點要去工廠一趟，順便看看狀況。」

本以為這件事就到這邊結束了，小君聽了他的話也許會自己反省，又或許不會，那也只能等之後繼續慢慢磨合。

誰知下午柯狄去了趟工廠回來，看見小君不在位子上，本來也沒多想，結果剛放下東西，就被主管叫進去會議室裡。

「Kody啊，你早上都跟小君說了什麼？」平常一向不太管事的主管坐在對面，眉心微皺神色複雜地和他說，「怎麼你前腳剛離開辦公室，她後腳就跑來跟我說她壓力太大，想離職了。」

柯狄深吸了口氣，雖然沒有料到這件事會是這樣的發展，但還是一五一十地將始終和助理無法順利磨合的問題告訴上司，他盡可能保持中立斟酌措辭，不至於讓人聽起來像是積怨已久的告狀。

主管聽完後沉默了短暫片刻，接著嘆了口氣，替助理說了幾句話：「小君才大學畢業沒多久，剛出社會沒什麼經驗，還有很多需要學習的地方，你就多擔待點。我知道你有你的難處，但公司也有公司的考量，現在年底不好找人，找進來了還要重新培訓，小君那邊我會再和她談談，你就先將就一下。」

「我沒有想要逼她離職的意思。」柯狄說，「我只是希望她能再多想一下，解決問題其實有很多種方法。」

這種事在職場很常見，得適應和各種類型、性格的人共事，在不影響工作的前提下，必須學著包容和遷就。柯狄雖然還年輕，但也已經出社會一陣子了，這點道理他不會不懂。

只是在和主管談過以後，柯狄心情還是有點鬱悶，明明沒有那個意思，卻好像變成了壞人。

他下樓抽了支菸，一邊沒有目的地滑著手機，這時候才分神想到，蔣承動已經好一陣子沒約他吃飯了。

他知道蔣承動最近工作出了點問題很忙，連在外頭公共空間碰到面的機會都很少，要不是蔣承動還會抽空傳訊息來，他都要以為對方追到一半不想追了。

思及此他咬著菸忍不住一笑，不知道是不是蔣承動追得他最近都有些飄飄然了，連著幾天沒見到面就好像哪裡怪怪的。

這種滲入是無形的，比起從前經歷過的熱烈追求，柯狄覺得現在的自己可能比較中意蔣承動這種日常噓寒問暖、體貼關心的方式。

柯狄還在想著是不是該輪到他主動約蔣承動一次，竟像是有什麼心電感應一樣，對方的訊息又這麼巧地在這時傳了過來。

隨著兩人認識越久，蔣承動受到柯狄影響，現在也開始會傳一些貼圖，不再單只是些中規中矩的文字。

除了系統內建的以外，柯狄先前還送了蔣承動一組和他外表不大相符但很可愛的狗狗貼圖，蔣承動用起來倒是沒有什麼心理負擔，每次和柯狄聊天的開頭幾乎都是同一張狗狗探頭賣萌的貼圖。

蔣承勳：（狗狗探頭）

蔣承勳：之前在忙的工作差不多告一段落了，你最近有空嗎？一起吃個飯？

蔣承勳：（狗狗乖坐）

柯狄輕吐白煙，修長的手指夾下菸捲，另一手在螢幕上輕輕點觸，沒怎麼猶豫就回了一個「沒有問題」的貼圖。

04
第四章
SCANNING…

為了配合柯狄的口味，蔣承勳這次選了間公司附近滿有名的川菜館，時間就訂在週五晚上，隔天就放假了，也不會吃得太趕壓力太大。

柯狄因為臨時有點事情耽擱，就讓蔣承勳先點菜，說自己會晚點到。

蔣承勳和柯狄吃過好幾次飯了，大致摸清了對方的口味，便自己做主點了一桌四菜一湯，除了湯和一道鳳梨蝦球不辣以外，其他三道都避開柯狄不吃的食物，按他喜歡的口味點，還貼心地要求不要放薑和蔥。

等柯狄一到，菜也剛好上齊，柯狄一邊脫外套一邊看了看蔣承勳都點了些什麼，水煮牛肉、剁椒魚頭、辣炒時蔬，三道紅通通的香辣菜色之間擺著一盤黃澄澄的鳳梨蝦球。

柯狄輕輕皺眉，坐下的同時問道：「怎麼點這麼多辣的？你不是不吃辣嗎？」

「有點不辣的。」蔣承勳指了指那盤鳳梨蝦球和中間的一鍋烏雞湯，又用拇指和食指比劃出一個小小的距離，笑著說：「而且我現在能吃一點點辣了。」

吃辣是能練習的，蔣承勳自從知道柯狄愛吃辣以後，為了更了解他的喜好，也開始嘗試著在清淡慣了的日常飲食中加點不一樣的味道，從本來幾乎半點辣都不太能吃，慢慢到現在也能吃一點微辣的程度。

柯狄去洗了手，回來的時候想了想，還是和蔣承勳說：「承勳哥，其實你不用這樣遷就我。」

蔣承勳正在替柯狄倒茶，聞言頓了一下，隨後搖了搖頭，把裝了八分滿的茶杯推到柯狄面前，「今天如果是我老闆無辣不歡，每次員工聚餐都挑只有辣味菜色的餐廳，那樣才叫遷就。我很樂意陪你做你喜歡做的事、吃你喜歡吃的東西，沒有委屈就不是遷就。」

誰能想得到幾個月前和他講話還會緊張的男人，現在張口就說這種撩撥人而不自知的話，柯狄微微一怔，旋即笑了出聲，「前陣子你沒怎麼約我，我差點都以為你沒有要繼續追了，想不到才這一段時間還升級了啊。」

「啊沒……」

聽出柯狄話裡帶著一點調侃，蔣承勳馬上又變回原本那個木訥羞澀的模樣，有點不好意思地抓了抓頭，「前陣子是同事工作出了點問題，花了不少時間幫忙處理，沒有不要追。」

「知道啦，只是逗你的。」柯狄笑著聳聳肩，端起桌上的碗筷，「先吃吧，邊吃邊聊。」

柯狄一直以來都是和年紀比自己小的對象談戀愛，也早習慣當付出比較多、妥協退讓也比較多的那一方。

比方像曹振澧也不愛吃辣，還總喜歡自己開伙下廚，廚藝又不怎麼樣，打著健康的名義煮的也大多是些柯狄其實不愛吃的菜。

但交往的時候柯狄並不覺得這有什麼，畢竟有愛的時候索然無味的菜色都能嘗出一絲甜，但當沒有愛了，多嘗一口都是負擔，他又何必委屈自己。

而蔣承勳這一席話說不上是多麼動聽的甜言蜜語，卻勝在真摯，要說柯狄心裡沒有一點觸動那是不可能的。

儘管兩人現在還只是單純的朋友關係，但這種久未體會過，被人捧著護著、處處擺在第一位的感覺，還是讓他不知不覺間有些陷入了。

柯狄開始不自覺地注意起一些小細節，比如蔣承勳和他說話的時候會專注地看著他的眼睛，筷子甚至停了好幾次，只是一心一意專注地聽他說的每句話。

又比如蔣承動會記得他曾經提過任何不吃的食物，和他吃飯甚至不用自己挑出不吃的菜，點餐的時候蔣承動就會先交代服務生哪些別放。

這麼體貼溫柔的一個人，真的很難讓人不心動。

蔣承動試了幾口特地為柯狄點的菜，被辣得臉紅冒汗、張著嘴直哈氣，但跟第一次嗆得眼淚都直接流出來的慘狀相比來說，顯然已經好很多了。

柯狄看著覺得無奈又好笑，抽了幾張面紙遞過去，又向服務生要了杯冰開水，給蔣承動解解辣。

「你……」看蔣承動一口氣喝光水後，又小心翼翼地挑掉碗裡魚肉上的辣椒，柯狄忍不住提醒，「真的不行不要勉強，萬一等一下腸胃不舒服，拉肚子就不好了。」

「沒有勉強，真的很好吃。」蔣承動擦去額角的汗，又呼出了一口氣，「冬天這麼一吃，身體都暖起來了。」

一桌四菜一湯，兩個成年男人吃起來分量充足，清盤後兩個人的肚子都飽得微微凸起，柯狄按了按自己的胃，又摀住嘴打了個悶悶的嗝。

服務生替他們收拾空盤擦過桌子，又重新為他們送上一壺剛沏好的茶。

等服務生離開後，蔣承動忽然神神祕祕地側過身，從身旁的空位變出一小束包裝精緻的花束，在柯狄反應不及之際伸手遞到他面前，「這個送你。」

在川菜館裡送鮮花，既突兀又直白，蔣承動果然還是蔣承動。

「怎麼突然送我這個？」

柯狄有些錯愕地接過那束花，心裡猜想蔣承動是不是看了什麼《追求攻略大全》之類的。

不過他挑的不是萬年不變求愛用的紅玫瑰，而是一小團精緻可愛、藍紫色花瓣鮮嫩的繡球花，很輕盈的一小束，單手抓著也沒什麼負擔。

「下午陪老闆外出的時候經過一間花店，覺得這個很好看想送給你。」

「哦？」柯狄手指輕碰柔軟的花瓣，聞言挑了一下眉，「你在老闆面前買花？」

「嗯，我們老闆是女生，滿開明的，知道我在追求人，還幫我出了一點主意。」蔣承勳有些羞赧地應道，「你……還喜歡嗎？」

「喜歡，很好看，謝謝你。」柯狄垂眸看著手中的花束，坦白說這裡氣氛場合都不對、也不浪漫，但他心頭卻仍無端湧上一股難以形容的情緒。

他不是沒收過花，以前的追求者或交往對象，多多少少都會為了討好他，在特定節日送上一束鮮花。老實說他對花也不是特別有興趣，剪下來的花朵花期很短，沒有特別打理照顧很快就會枯萎。

蔣承勳送的這一束很輕也很小，卻像是送上他赤誠而分量十足的心意，教他無從拒絕。

「承勳哥。」垂眸沉默了一陣子，柯狄這才抬起頭來，問了他一直以來好奇卻不曾提過的問題，「你喜歡我哪裡啊？」

「呃、我……」蔣承勳沒料到他會突然這麼問，卡了短暫片刻才在腦中快速整理想法，「一開始覺得你很善良，願意幫助第一次見面的陌生人。後來越認識，越覺得你懂很多，和你聊天很有趣，也越來越吸引我。當然還有就是、嗯……你長得很好看。」

說著說著，蔣承動的聲音逐漸轉小變得有點虛，就怕柯狄誤會自己很膚淺，是因為他長得好看才想追他。

然而實際上柯狄並沒有想這麼多，聽罷也只是說：「我可能沒你想得這麼好，我缺點滿多的，壞習慣也多，會抽菸喝酒，作息不規律，愛吃垃圾食物，一個人的時候還很邋遢，對親近的人脾氣也不算很好，除了這張臉以外，好像沒什麼特別可取之處。」

「我覺得不能這樣說。」蔣承動掌心包著溫熱的茶杯，慢慢道，「你提的這些放到別人身上，我可能真的沒有辦法接受，但在你身上不一樣，既然喜歡，那這些缺點也好壞習慣也好，你就是你啊。如果因為這些缺點就變得不喜歡，那可能本來也沒多喜歡你吧。」

一句「你就是你啊」讓柯狄足足怔了半分鐘之久，半晌才懷疑地笑問道，「承動哥，你真的沒追過人嗎？這麼會說話。」

「沒、真的沒……」蔣承動指腹摩挲著杯緣，有些難為情地支吾道，「我其實……沒有談過戀愛，也沒有喜歡過人，你是這三十幾年來的……第一個。」

這話讓柯狄更意外了，以這段時間對蔣承勳的認識，他大概猜得到對方的戀愛經驗應該不多，只是沒想到會是完全沒有經驗。

畢竟以世俗眼光來看，蔣承勳除了打扮比較老土一點，外在條件其實不差，遮擋在鏡片底下的眉眼深邃、鼻梁高挺，身形高䠷體態勻稱，即便不是在同性戀的圈子裡，多多少少也該有些女性市場才對。

「以前至少也有女孩子或男孩子喜歡過你吧？」柯狄問。

「我……不太清楚。」蔣承勳輕輕聳肩，「以前家裡狀況比較特殊，父母在我讀高中的時候就意外去世，家裡除了我就剩小我十歲的妹妹。沒有其他親戚願意照顧我們，能領的補助金又不多，那時候我除了上課就是打工，學生時期過得比較辛苦，沒有餘力思考那些。出社會以後經濟比較寬裕，後來妹妹很早就結婚了，也不再需要我照顧，只是工作越來越忙，就……單身到現在了。」

兩個人平常聊天不會聊到太私密的事，這還是柯狄第一次聽蔣承勳提到家庭狀況。

之前他只知道蔣承勳有個妹妹，還有個可愛的小外甥，卻沒想到他在還徬徨青澀的學生時期，就獨自一人扛著父母驟逝、得靠自己撐起一個家的壓力。

相較之下，柯狄和家裡的關係雖然自從他攤牌出櫃就變得破碎，但起碼在讀書的時候不曾餓過一餐，雖然有打工，但也是賺自己的零用錢，他不用為了生計煩惱、不用想著吃完這一頓後，下一頓在哪裡。

「你……」

「都過去很久了，你別在意。」

蔣承勳擺了一下手，打斷柯狄欲言又止的開頭。

他一直不太想提家裡的事情，就是怕柯狄聽了心軟，無論這段期間有沒有產生任何情感，最後通通變成了同情。

柯狄張了張嘴，而後輕嘆道：「我是想說，你辛苦了。」

「不辛苦，最苦的那段時間已經過去了，我現在滿好的。」蔣承勳朝著柯狄彎彎唇角，笑得釋然，「我還認識了你，很幸運了。」

餐館附近有個運動公園，飽得要命的兩人買了單後索性繞過去走走消化消化。

週五晚上來公園運動的人不少，有球場上奔走跑跳的年輕學生、遊樂區嬉鬧的孩童，以及石磚路上散步遛狗的男女老少。

柯狄手裡提著蔣承動後來給他用來裝花的紙袋，兩個人並肩慢慢地走，聊的內容還是接續著方才最後的話題。

不想被同情是一回事，但柯狄好奇地想知道，蔣承動還是願意說給他聽。過去雖然辛苦歸辛苦，再怎麼樣也是靠自己一步一步走過來，不偷不搶、正正當當，坦坦蕩蕩沒什麼好遮掩的。

「最累的應該是高三的時候，凌晨送報紙，回來送妹妹上學後趕去上課，放學再接著去便利商店打工，回去以後洗個澡就累得只能睡覺了。」

說起這些陳年往事時，蔣承動的語氣很輕，也沒有太多的起伏，就像單純地在陳述著一件過去很久很久的事。

那時候是真的很累，一天能睡上五個小時就要偷笑了，上課時間經常打瞌睡，知道他家裡狀況的老師也只能無奈嘆息，盡量幫他找能申請的補助或獎學金。

蔣承勳成績很好，即便忙得幾乎沒有時間複習，卻依然能保持在全班前三名，所以當他在課堂上睡覺，也不太會有人叫醒他，老師更不會對他生氣，有的只是心疼。

苦也是真的苦，自己和妹妹的學雜費、家裡的日常開銷，通通都要花錢。而在他的觀念裡，自己已經是大人了，是個男人，父母走了妹妹又還那麼小，他得擔起一個家的責任。

自己辛苦沒關係，但要讓妹妹過得快快樂樂。

那時想換一輛好騎一點的腳踏車他都要想個大半年，最後也沒買下手，卻從不猶豫替妹妹買新衣服新裙子、帶個小蛋糕回家，只為讓她有個未來回想起來不至於太難過的童年。

「我原本不想讀大學，但大考考出來的成績還不錯，能上前段的公立學校，班導師也一直勸我不要放棄讀書，幫我找了很多資料，還幫我介紹了幾個家教的工作。」

昏黃的路燈下趨光的小蟲子振翅飛舞，蔣承勳揮了揮手，趕走幾隻朝他們撲過來的飛蟲，「家教比之前那些出賣體力的工作輕鬆多了，所以後來我接受了老師的建議繼續念書。補助跟獎學金，還有家教賺的薪水，勉強夠我跟妹妹的日常開銷。」

「你妹妹乖嗎？」柯狄好奇問道。

「小時候挺乖的，很懂事。」蔣承勳點點頭，「她知道家裡的狀況，也不太會主動跟我要東西，有時候買了一些我覺得她會喜歡的小東西，還會要我不要亂花錢，那時候她才國小而已。」

記得那時年紀尚小的妹妹，有次為了替她慶生，他帶了不是很貴的一小塊蛋糕回家，那孩子分明開心得很，卻硬是板著張臉反過來教育蔣承勳不要亂花錢，想起來就忍不住想笑。

「我們唯一一次大吵一架，是她還在念大三的時候，有天她毫無預警地跟我說她懷孕了要結婚，要休學一年把孩子生下來。我當時整個人都傻了，那男的比她大了不少歲，只比我小一點，我覺得她肯定是被騙了，氣得去找那個男的理論，還差點動手。」

「你還會生氣啊？」

柯狄腦子轉了幾圈，還是想像不太出蔣承勳生氣發火的樣子。

這人脾氣太好了，總是很溫和，對誰好像都客客氣氣，對柯狄更不用說，甚至沒有聽過他大聲講話。

「我平常不太會生氣。」生怕柯狄誤會，蔣承勳連忙解釋道，「只是當時碰到那種狀況太慌張了，我跟妹妹差太多歲，就算她成年了，在我看來也還是個小孩子，況且那時候她書都還沒念完。」

「是真的滿衝動的。」柯狄應和道，旋即又問，「後來呢？」

「後來……那男的、呃，我妹婿，他在我們家門口跪了一晚，我妹也哭了一晚，最後沒辦法，捨不得也只能放手成全。」

儘管過了這麼多年，早婚又早生小孩的妹妹一家過得還算幸福，時至今日蔣承勳仍覺得他們當時太衝動、太不計後果了，「不過幸好，後來雙方花了點時間了解彼此，我妹婿人不錯，他們家人也都很好，都真心對待我妹妹和外甥，我才比較放心。」

公園很大，蔣承勳說完這些，他們才走了大概一圈而已。走第二圈的時候，蔣承勳什麼都還沒問，柯狄就像交換分享一樣，主動提了一些自己家裡的事。

「我們家其實就是那種很普通的雙薪家庭，爸媽都有自己的工作，我是獨子，所以小時候他們對我的要求滿高的，不過關係還可以，直到我後來……向他們出櫃了。」

柯狄天生就是同性戀，他在國中的時候就隱約察覺到自己的性向，上高中碰到了第一個喜歡的人，是比他小一屆的學弟，這才真正確定下來。

柯狄外表並不陰柔，言行舉止也和身邊同齡的男孩子沒什麼太大的差異，不會讓人一眼就看出他的性向與大多數人不同。

於是他在世俗眼光底下躲躲藏藏了好幾年，連談個戀愛都要偷偷摸摸遮遮掩掩，身邊唯一知道的朋友也只有充當多年煙霧彈的蘇巧茹。

談戀愛本該是件高興的事，只因有違世俗既有的守舊觀念，他們就像多了層桎梏，做什麼都不能光明正大，這讓柯狄很多時候覺得很累，也覺得很不公平。

男女之間的情情愛愛可以很單純、很純粹，憑什麼換個性別，就得無時無刻忍受別人異樣的目光？

不過欣慰的是時代總歸還是有在進步，柯狄選在大學畢業前夕，先向身邊平時經常一起玩的朋友們出櫃，大部分都是理解與祝福的態度，只有少數幾個無法接受的和他漸行漸遠，他也沒太在意。

至於父母那邊，柯狄則是慢慢試探他們對同性戀的態度，從偶爾坐在一起看同志遊行的新聞、看帶有性別議題的戲劇電影，到後來欲蓋彌彰地用「我的一個朋友」做為開頭，和他們深入地聊過幾回同性戀這個群體。

有些意外的是，父母對於這個話題似乎並不反感，也沒表露過什麼歧視，讓柯狄心生錯覺，說不定父母其實很開明，向他們出櫃其實並不難，之前的躑躅擔憂可能都是多餘的。

「真的攤牌了才知道，他們的開明是那種不是我兒子都無所謂的開明。」想起那時父母臉上的震驚和無法接受，他自嘲地扯扯嘴角，輕描淡寫地帶過那段不太願意再回想的記憶，「我在外地工作，平常也很少回去，那之後……我已經好幾年沒回過家了。」

真正向父母出櫃的時候柯狄已經在工作了，有還不錯的收入、經濟獨立，他才選擇攤牌。

柯狄無法強迫他們一定要接受自己的性向，同樣父母也逼迫不了他服從他們的期待娶妻生子，在彼此都不願各退一步的情況下，原本好好一個普通的家庭，就這麼生生破得稀爛碎裂。

這幾年來，除了固定每個月從未間斷匯家用的錢到父母帳戶，和逢年過節定時的單方問候外，他和家裡不曾再有過半點聯繫，明明有家人卻過得好像沒有一樣。

「你可能會覺得我這樣挺不知好歹，你不得已失去了親情，我卻是自己親手把它毀掉的。」

柯狄長嘆了口氣，肩膀輕輕一聳，「可是沒辦法啊，我的性向是天生的，總不能為了滿足他們的期望去騙婚，去殘害良家婦女吧。」

「我沒有這樣想。」蔣承勳連連搖頭，「我是外人，不會擅自評斷你家裡的事。再說每個家庭都有每個家庭的相處方式，不能這樣比較。」

語罷蔣承勳停了一下，抬手抓了抓後頸，又接著說：「而且……假如我父母還在，大概也不能接受我是同性戀，說不定會鬧得比你們家更凶。」

柯狄偏頭看向蔣承勳的側臉，忽地一笑，把話題從略顯沉重的家庭議題轉到別的事上面。

「說起來你以前又沒談過戀愛，怎麼就這麼肯定自己是同性戀了？」

「啊、呃……其實也、也沒那麼肯定……」蔣承勳的指甲無意識地摳著後頸的皮肉，一轉回情感話題他就顯得有些侷促緊張，「畢竟我……我就只喜歡過你而已。」

柯狄順著問下去：「你也沒喜歡過別人，怎麼確定對我就是喜歡，不是單純普通的好感呢？」

「就、每天都想見到你、想和你說話。」蔣承勳煞有其事地一一細數，「看你笑我也會跟著高興，看你皺眉會想知道你是不是遇到什麼不順心的事。想對你好、想送你東西、想多了解你一點，這樣應該……是喜歡吧？」

柯狄本意只是想逗逗蔣承勳，沒料到對方竟然這麼認真回答，一字一句堆疊起來，滿含的真摯情意他都聽得不好意思了。

兩人之間一度帶著幾分曖昧的氛圍，在走完第二圈的時候蔣承勳忽然有點想上廁所，他們便順著告示牌的方向，走至相對荒涼偏僻、幾乎沒有人影的公廁。

那裡的路燈壞了兩盞，四周陰陰暗暗，蔣承勳本來想速去速回，才剛走近幾步還沒進到廁所裡，忽然聽見奇怪的聲響從廁所內傳出來，緊接著是兩道帶著難耐喘息的低啞男聲。

「嗯、啊……你好大……都塞滿了……」

「噓，小聲點，嘶……怎麼這麼緊……」

意識到廁所裡的人正在做什麼，蔣承勳的腳步頓時停住，不可置信地瞪大了雙眸。

而就在他身旁的柯狄當然也聽見了裡頭的動靜，他錯愕地和蔣承勳對看一眼，隨即下意識伸手去摀住蔣承勳的雙耳，裝著花的紙袋一角輕碰在他的肩頭。

蔣承勳沒想到柯狄會突然靠近，整個人僵了一下，柯狄乾燥的掌心碰上他敏感的耳殼那瞬間，除了令人不知所措的呻吟被隔絕在外，蔣承勳只覺得耳尖彷彿要燒起來了一樣燙。

柯狄卻像沒注意到蔣承勳的異樣，下巴往另一側揚了揚，眼神示意他先跟著一起離開這裡，不要打擾別人的好事。

蔣承勳腦袋都嚇呆了，柯狄引著他往外走，他就傻傻愣愣地跟著邁步，輕手輕腳地離開別人的辦事處。

直到回到稍有人潮的地方，柯狄才鬆了口氣，回頭看了眼剛才走來的方向，小聲嘀咕：「你別誤會，不是所有 Gay 都這麼大膽，隨便哪裡都能搞。」

「啊？啊、嗯，我知道。」

柯狄的手搗到半路就鬆開了，可是不曉得是不是受了方才的刺激，還是意料之外的肢體接觸，蔣承勳耳朵留下的熱度久久沒有散去。

05

第五章

SCANNING…

那晚過後兩人的關係明顯可見地近了許多。

主動的不再只有蔣承動，柯狄也開始會拋出邀請，不用加班應酬的晚上他們幾乎都會一起吃飯，偶爾幾次週末彼此都沒事，也會相約一起去看場電影或逛逛展覽。

兩個人的興趣其實搭不太上邊，柯狄平常一個人沒事的時候喜歡打電動看電影，放假有時跟朋友約去酒吧喝兩杯，或騎車上山看看夜景聊聊天。

蔣承動就更簡單一點，沒什麼特別的愛好，平常就看看社會新聞看看財經報導，假日偶爾跟幾個朋友去爬爬山，或是幫想偶爾享受二人世界的妹妹妹婿帶孩子。

儘管喜好大不相同，兩個人在一起的時候也幾乎沒有冷場過。

互相了解當然包含了解彼此的興趣，就像蔣承動雖然不太習慣電影院過大過響的音效，卻還是願意陪柯狄去看他喜歡的動作片。而柯狄不愛運動，也還是陪蔣承動去爬過一兩座適合初學者爬的山。

他們都願意迎合彼此的興趣愛好，並且從中嘗到樂趣，不曾感覺到一絲委屈。

兩個人越走越近，相處也越來越融洽，幾乎只是差一句最關鍵的表白，關係就能有更進一步的實質發展。

明明一切情況都在往好的方向前進，可是這天下午，柯狄到外頭公用茶水間泡奶茶時，卻無意間聽見蔣承勳他們公司的兩個女生在裡面閒聊。

即便身在不同公司，但都在同一層樓，自然會有幾個常見眼熟的人，偶爾對到眼也會點點頭禮貌性地打個招呼。

柯狄對那個短頭髮的女孩子印象稍微深一點，有次晚上下班他剛好和蔣承勳，還有幾個蔣承勳的同事一起搭電梯下樓，那女孩就包含在其中，到一樓出電梯的時候還轉過來向蔣承勳說了聲「老大掰掰」。

蔣承勳後來才有點尷尬地解釋那是他們部門的助理，跟幾個比較年輕的下屬都喜歡叫他老大，也不知道為什麼。

起初柯狄並沒有很認真聽她們在說什麼，低眸專注攪勻被熱水泡開的奶茶粉，直到聽見一聲「蔣老大」，瞬間就吸引了他的注意。

「蔣老大最近好像每天心情都很好，是不是追到那個一見鍾情的對象啦？」

「我正想跟妳說這個！上週六傍晚我去買東西遇到老大，看到他跟一個大美女一起走進一間高級日本料理店，女生還挽著他的手，應該是成功了。」

本來聽到第一句的時候柯狄還隱隱偷笑，到長頭髮的另一個女孩子接了話後，剛揚起一點的唇角頓時僵了一下，忽然不太確定他們口中的老大究竟是不是蔣承動了。

蔣承動不是在和自己曖昧嗎？不是在追自己嗎？

挽著手的大美女又是怎麼一回事？

上週末他們確實沒有見面，柯狄去參加朋友的婚禮，兩個人連訊息都傳得不算多。

柯狄只知道蔣承動週六晚上的確去吃了日本料理，還拍了餐點的照片傳給他，跟他說那家食物不錯下次他們可以一起去。

但那天他是跟誰在一起，柯狄一無所知。

這段時間相處下來，他從蔣承動身上感受到的真摯與誠懇並不虛假，柯狄不覺得對方會同時追求著自己又和其他人曖昧不清，但很多事又不好說，就像當初他也不曾想過曹振灃會出軌一樣。

萬一是真的……

「唉，太可惜了，我本來對蔣老大挺有好感的，還想說他要是沒追成功，我就趁虛而入。」

柯狄低頭的動作未變，捏著筷子攪動的速度放慢了一點，耳尖輕動，聽著長頭髮的放低了音量接著說：「我前陣子出包那次，老大擋在前面替我收拾爛攤子，雖然最後還是有被他念一頓啦，但就是那種——哎呀，成熟男人的魅力真的很吸引人。」

「妳還敢提啊？」短髮的女孩子笑著罵了一句，「老大真是太慘了，替妳被老魔王罵又要替妳擦屁股，不用想趁虛而入了，還是好好工作好好孝敬他比較實在。」

這後面柯狄就沒繼續聽了，他捧著熱騰騰的馬克杯心情複雜地走回了辦公室。

一下想著那個挽著蔣承勳手的大美女到底是何方神聖，一下又想著蔣承勳還真受歡迎。

柯狄心不在焉地處理了一陣子工作，最後還是有點忍不住地點開通訊APP，傳了訊息問蔣承動。

——承動哥，你會釣魚嗎？

蔣承動已讀得很快，不到一分鐘就回了訊息過來。

蔣承動：很久以前跟朋友去釣過一次，不是很擅長。

蔣承動：怎麼了？你想學嗎？

蔣承動：想學的話我可以跟我朋友問問，他們那邊好像有在做體驗課程，有空我帶你一起去。

柯狄看著蔣承動跟自己分毫沒對上頻率的回應，有點無奈又有點好笑，他看過卻沒有馬上回，只把手機反蓋到桌上低喃了聲：「笨蛋……」

也不曉得是在罵蔣承動還是罵自己。

遲鈍如蔣承動還是很快就注意到柯狄不太對勁，自從昨天下午柯狄問自己會不會釣魚，他回覆了以後對方就再也沒回過他的訊息，至今過去了整整一天一夜，一點回應都沒有。

柯狄很少會這樣已讀不回他，蔣承勳不太明白是哪個環節出了問題，明明之前都還好好的，怎麼突然間就冷下來了呢？

蔣承勳百思不得其解，把最近幾天傳的貼圖和文字反覆看了好幾遍，還是沒看出個所以然，但又不敢追問得太緊，怕柯狄是臨時有什麼事情，才顧不上回他訊息。

蔣承勳苦惱得眉心都皺出了幾道深深的摺痕，一整天早餐午餐都食不知味，好不容易快下班前他去了趟茶水間裝水，恰巧在那裡碰上正在講電話的柯狄。

這個時段茶水間裡剛好只有他們兩個人，蔣承勳一看見靠在牆上、歪著脖子夾著手機的柯狄，眼睛瞬間就亮了，柯狄倒是沒什麼反應，看了他一眼微微點一下頭，就當打過招呼了。

柯狄大概是在和國外的客戶通話，滿口流利的英文。

蔣承勳本身的英文還可以，但涉及太多他們工作上的專有名詞就聽不太懂，只覺得柯狄的發音很標準，語調起伏很好聽。

蔣承勳刻意放慢動作，慢慢沖洗杯子、慢慢裝水、慢慢喝水，等柯狄終於掛上電話，蔣承勳已經喝到第二杯水了。

柯狄將手機塞回口袋，後背依然靠在牆上，似笑非笑地看著面前的男人，明知故問：「你在等我？」

「嗯。」蔣承勳毫不避諱地點頭說，「想跟你說說話。」

柯狄本來都做好蔣承勳大概是來興師問罪的心理準備，問他為什麼已讀不回、為什麼連句晚安都不說。

結果蔣承勳什麼都沒問，坦率的一句「想和你說說話」，頓時就讓獨自彆扭一整晚的柯狄有些羞愧。

四目相望片刻，柯狄張了張嘴輕聲問道：「想說什麼？」

「說什麼都行，主要只是想聽聽你的聲音。」蔣承勳莞爾，早前的疑問和糾結在見到柯狄後頓時就被他拋在腦後，「明天週五了，下午大家應該會想訂個飲料，你明天下午會在公司嗎？我讓助理訂你喜歡的那間飲料店。」

蔣承勳絕口不提自己晾了他一天一夜的事，反而讓柯狄有點不太明白，蔣承勳到底是不在意還是不敢提。忍了一下，柯狄終究還是沒能忍住主動問他：「你不問我為什麼昨天已讀不回你嗎？」

「我想說你在忙，等你忙完了再回我也沒關係。」

為了不讓柯狄感到有壓力，蔣承勳下意識地將一個人時的苦惱和困惑藏了起來，說著好像很大度的話。

忙確實是忙，柯狄每天都在忙，連假日有時都得要接主管或客戶的電話。但忙歸忙，總不會連回個貼圖、說句晚安的空檔都抽不出來。

柯狄輕輕嘆了口氣，他確實介意昨天在茶水間聽到的那些八卦，可是又不想因為那些未經證實過的事，讓他們甚至還沒正式開始的關係有了裂痕。

人與人之間最禁不起猜忌和懷疑，就算一開始只是一點點，也可能會隨著時間推移日益生根發芽。

柯狄想，如果是誤會那早點說開就好，如果不是的話，早點認清也罷。

「我對釣魚沒興趣，也沒有想學。」柯狄直直望著蔣承動的眼睛，輕聲開口，「我其實是想問你，嗯……你會同時和別的人約會嗎？」

「啊？」蔣承動猛地一愣，一時間沒聽懂柯狄怎麼會突然這麼問，茫然不解地回道，「什麼意思？我沒有在和其他人約會啊。」

柯狄始終盯著蔣承動的雙眼，一秒都沒有移開，看他的眼神和反應都不像裝出來的，這才一五一十地把昨天聽到和自己心裡揣測的想法慢慢說了出來。

越說柯狄越覺得心裡發虛，說到底他也不是蔣承動的誰，鬧這種甚至可以說是相當無理取鬧的彆扭實在沒有什麼底氣，尤其當蔣承動一臉複雜地說那個被同事撞見的大美女其實是他妹妹時，更讓柯狄羞慚地無以復加。

「他們兩夫妻上週鬧了點不愉快，我妹來找我散散心，我就帶她去吃點好吃的換換心情。」蔣承動低聲解釋著，「沒特別提是因為那畢竟是他們兩個人的家務事，讓你誤會了，對不起。」

柯狄根本聽不進去蔣承動這聲對不起，他一面暗自慶幸還好只是誤會，一面又覺得該道歉的應該是自己。

「你別道歉了。」柯狄苦笑了一下，「是我聽了別人的幾句話就誤會你，我才要跟你道歉，對不起。」

柯狄所有的不安全感都源於上一段感情的失敗，進門當場捉姦給他帶來的心理陰影太深重了，可是那畢竟和蔣承動無關，他也還沒和蔣承動深入聊過以前的感情。

蔣承動什麼都不知道，這種先入為主的懷疑與不信任對他並不公平，前男友造的孽不該由未來的準對象來擔。

「我……」柯狄喉結滾了滾，用力嚥下一口唾液，「對不起，我前段感情結束得不太愉快，有點陰影還沒克服，所以……」

「沒關係。」蔣承動一點被冒犯的感覺都沒有，反倒鬆了口氣，甚至為柯狄的介意隱隱感到有些高興，「你以後想問什麼都可以直接問我，我不會騙你，都會老實跟你說。但就是……可能要問得直接一點，太婉轉的我怕會沒理解清楚。」

像昨天那種此釣魚非彼釣魚蔣承動就沒接住，回頭想想自己的回覆，還真是鬧了個大笑話。

誤會解開就解開了，兩個人說清楚就好，可是柯狄還是有點過意不去，掌心按著額頭露著有些懊惱的表情。

蔣承勳想安撫也不知道怎麼開口，想來想去最後說：「我妹婿這週六加班，託我陪他們母子一起去遊樂園玩，你要是有空也不嫌棄的話，要不要一起？帶你跟他們認識一下。」

週六是冬日裡難得萬里無雲的好天氣，一早八點半，蔣承勳在柯狄家附近的捷運站出口接到人，準備直接去遊樂園和另外兩個人會合。

柯狄今天穿著一身淺粉色的大學T和一件米色工裝褲，腳踩著一雙撞色球鞋，腦袋上反戴著一頂白色棒球帽，總是往後梳的瀏海垂在額前，整個人看上去比平常稚嫩了好幾歲，像個還沒大學畢業的青春少年。

「你今天真不一樣。」平常要不就是襯衫西裝褲、要不就是修身的針織衫和風衣，蔣承勳還是第一次見到柯狄麼顯年輕的打扮，覺得很是新鮮地多看了幾眼，「看起來顯小。」

「不好看嗎？」柯狄繫上安全帶，笑咪咪地問他。

「很好看，只是跟平常不太一樣。」蔣承勳有點不捨地收回視線，頓了一下又補充了句，「當然平常也很好看。」

柯狄被他這麼一本正經誇得想笑，他把頭上的帽子摘下來放在腿上，說：「見小朋友嘛，這樣比較有親和力一點。」

他們出發的地方離遊樂園有段距離，蔣承勳趁著停等紅綠燈的間隙，側身從後座摸了個不小的塑膠袋交給柯狄。

柯狄疑惑地打開一看，裡頭滿滿都是零食點心，還有麵包飲料。

「雖然你之前說過假日早上起不來所以沒有吃早餐的習慣，但今天難得早起了，還是吃點東西墊墊胃比較好。」蔣承勳設想得很周到，怕太正式的早餐柯狄不愛吃，除了麵包以外也買了不少能稍微充飢的餅乾，「不然怕你晚點胃不舒服。」

「謝謝。」柯狄翻出一個紅豆麵包和一瓶可爾必思，拆開包裝咬了一口後，才想到反問他，「你吃過了嗎？」

「還沒，我晚點再吃也沒關係。」

蔣承動專注著目視前頭的道路說道。

這雙重標準……怕他沒吃早餐胃會不舒服，就不怕自己餓到胃痛。柯狄無奈地扯動一下嘴角，避開自己咬過的那處，撕了一塊帶著紅豆餡的鬆軟麵包下來，伸長手湊到蔣承動嘴邊，「你開你的，我餵你。」

這動作實在有些親密，蔣承動肩膀一僵，脖子到臉瞬間熱了起來，「沒關係你吃就好，你吃、唔──」

沒讓蔣承動把話說完，趁著他張嘴之際，柯狄有些粗魯地將撕下來的麵包塞進對方嘴裡，指尖直直擦過那瓣帶著點涼意的下唇，柯狄故作若無其事地收回手，也撕了一塊塞進自己嘴裡。

兩個人就這麼一口一口分食完兩塊味道其實不怎麼樣的麵包，卻都覺得那股清甜一路從舌尖滑進胃裡。

週末假期的遊樂園向來人多，尤其今天天氣正好，從入口處放眼望去到處都是滿坑滿谷的人潮。

「他們快到了，在停車，再等一下下。」

蔣承勳掛了和妹妹聯絡的電話，回過頭來和正喝著水的柯狄說。

柯狄將寶特瓶瓶蓋扭上，手背抹去殘留在嘴唇上的水光，應了聲「嗯」。

兩個人早早就買好了票，在入口附近人潮比較不那麼擁擠的地方等。

閒聊了沒幾句，柯狄先注意到不遠處一個穿著亮黃色吊帶褲、背著水壺的小朋友嘴裡高喊著「舅舅」，一邊邁著雙小短腿朝他們的方向直直跑來。

蔣承勳隨後也注意到了，中斷了和柯狄的對話，往前跨了幾步蹲了下來，揚聲喊道：「慢慢走，別用跑的，堯堯。」

「舅舅！」被喚作堯堯的小男孩開開心心地撲進蔣承勳懷裡，被他一把從地上抱起。

蔣承勳臉上也帶著柔和的笑意，他抱著孩子稍稍側過身，讓他面向柯狄，正欲開口介紹：「來，叫哥——」

孰料這孩子才看了柯狄幾秒，張嘴就喊了一聲：「舅媽！」一聲舅媽直接把蔣承勳和柯狄兩個人喊得同時愣住了，表情都變得相當難以為情。

柯狄側頭看向蔣承勳，眉峰稍稍一挑，蔣承勳以為他懷疑是自己教的，連忙搖頭，趕緊問懷裡的小傢伙：「誰教你喊舅媽的？」

「媽咪啊！媽咪說舅舅今天帶舅媽來跟我們一起玩，叫我要乖。」小男孩一臉天真道，又轉過去偷偷看柯狄，不太理解地問，「可是舅媽不是應該是女生嗎？」

「堯堯你是不是欠揍了！叫你不要跑還一直跑！」

這時一道略帶著喘意的女聲打斷了他們的對話，小男孩的媽媽姍姍來遲，在看見蔣承勳身邊站著的柯狄時，表情從意外轉變成有些尷尬抱歉，「不好意思不好意思，我兒子剛剛是不是亂叫了？我哥只說他帶朋友來，沒說男的女的，我以為他老樹開花，想幫忙助攻來著……」

老樹確實開了花，但還沒有得意忘形到直接讓外甥喊柯狄舅媽。

「沒關係。」柯狄好脾氣地笑笑，看著眼前眉眼和蔣承勳有幾分相像、長相的確擔得起大美女稱號的女子，重新自我介紹，「我是承勳哥的朋友，柯狄，可以叫我 Kody 就好。」

「我叫蔣凡瑄，這是我兒子唐繼堯。」蔣凡瑄伸手捏捏自家兒子的臉，要他叫人，「堯堯，叫哥哥。」

唐繼堯乖乖開口：「舅媽哥哥——」

柯狄被這帶著軟軟童音的稱呼逗得笑個不停，倒沒有第一次聽到時這麼錯愕了，他戳了戳小朋友肉肉的臉蛋，笑著說：「還是叫叔叔吧，我比你媽媽大了兩歲呢。」

五歲大的唐繼堯不太怕生，很快就和柯狄玩成一片，也不要蔣承勳抱了，從他懷裡跳下來要跟帥叔叔手牽手。

「我還以為我要有大嫂了。」

並肩走在那一大一小身後幾步的距離，蔣凡瑄看著他們的背影，語氣略帶了一點埋怨地向身旁的蔣承勳說。

昨天蔣承勳突然說要帶個朋友介紹給她認識，語氣正經地像是要介紹什麼重要的人似的，害她當然就想歪了，以為獨身這麼久的哥哥終於找到了伴，為此開心了一整個晚上，還教唐繼堯隔天看到人要喊舅媽，喊越大聲越好。

怎料沒有想像中的大嫂，只來了一個高高帥帥的時髦兄弟。

蔣凡瑄一個人自顧自地說著，全然沒注意到身旁的蔣承勳表情複雜，糾結著該怎麼開口。

「小瑄，我……」過了良久，在他們快走到旋轉木馬時，蔣承勳才躑躅著開了口，「我今天帶 Kody 來，跟妳想的那個意思差不多。雖然我們目前還停在互相了解的階段，但是我……我很喜歡他，真的很喜歡他。」

「啊？」蔣凡瑄被震驚得一時間接不上話，愣愣地側頭看向自家哥哥，「不是……啊？」

「媽咪！」這頭的蔣凡瑄還沒震驚完，前面的兒子扯著柯狄的手停下腳步回過身，另一手指著排了不少人的旋轉木馬，高聲打斷她混亂的思緒，「媽咪我想坐這個，我想騎馬！」

「想坐就去排隊，牽好哥……牽好叔叔的手。」

蔣凡瑄緩了緩神，很快從妹妹切換成媽媽模式。

她腦海裡萬般思緒奔騰，想問的問題都堆到喉頭了，卻礙於他們四個人一起排著隊，怎樣都不好開口，只能在排隊間不自覺地頻頻打量眼前這個哄她兒子很有一套的男子。

排了大概十多分鐘的隊，終於輪到他們搭乘，唐繼堯吵著要柯狄陪他坐同一隻馬，柯狄當然不會拒絕，抱著孩子就上了顏色最鮮豔的那一匹。

蔣承勳和蔣凡瑄則坐進一旁的馬車裡，各自拿著手機替他們兩個拍照。

遊樂設施在一片清亮的兒歌中動了起來，木馬上的兩個人早移開了注意力，蔣凡瑄這才收起手機，見蔣承勳目光仍滯留在早已扭過頭看向別處的那人身上，眼神一片柔軟，忍不住嘆了口氣問他：「你喜歡人家，人家知道嗎？」

「嗯，知道。」蔣承勳又對著那一大一小拍了幾張照片，才終於肯放下手機，「我跟他表白過。」

旋轉木馬一輪的時間不過短短兩三分鐘而已，只夠蔣承勳很簡單地帶過自己和柯狄相識的經過，和一點相處的過程。

蔣凡瑄聽著聽著眉心越是皺在一起，總感覺蔣承勳的喜歡好像太衝動也太一頭熱了，不是很保險。

蔣凡瑄擔憂地問：「你說他知道你喜歡他，但又一直不給你回應，是不是故意吊著你啊？」

「我從來沒有這樣想，他也不是這種人。」蔣承勳搖頭，神情是她少見的嚴肅，「雖然是我先喜歡他的，是我在追他，但他也不是都沒有給過我回應，他……」

蔣承勳想起早些時候在車上，柯狄怕他也餓，一口一口餵開著車的他吃麵包，臉就忍不住發熱。蔣承勳是沒談過戀愛，沒喜歡過人，但他不傻，如果還看不出這些親密動作背後藏著的回應，他大概也白活這三十多年了。

柯狄也從來不會仗著蔣承勳喜歡他就占便宜，他們之間一直都是有來有往，這次蔣承勳請客，下一次柯狄就會主動買單，今天蔣承勳送水果，隔天柯狄可能就回送飲料。

這些日常相處的點滴旁觀者或許看不明白，但他們彼此清楚，把握著平衡，並且樂在其中。

「他很好，至少我覺得很好。」

旋轉木馬逐漸慢了下來，一輪的時間差不多到了尾聲，蔣承動語氣平淡，抬頭又開始不由自主地捕捉柯狄的身影。

像是心有靈犀般，柯狄正好也帶著唐繼堯朝他們馬車的方向轉過身來，在旋轉木馬即將停下之際，俏皮地對著他們兄妹兩一人比了一個手指愛心，眼底明晃晃地都是笑意。

幾片光影映在他們身上，那張俊朗的笑臉實在抓人目光，一眼就讓蔣承動定在當下險些挪不開視線。

周圍的喧囂嘈雜不留痕跡地掠過耳邊，直到蔣凡瑄催著下去了，他才匆匆忙忙地跟著起身。

06
第六章
SCANNING…

遊樂園對兒童來說是最沒有抵抗力的場所，縱然唐繼堯還小身高不夠，能玩的設施不多，卻還是歡騰地拉著今天新認識的帥叔叔東奔西走。

蔣承動今天本來只是想帶柯狄來和自己的家人稍微認識認識，沒想到小孩黏人，纏著帥叔叔不肯放手。

蔣承動覺得不好意思，想把唐繼堯拉回來自己抱，那孩子卻不願意，堅持要讓柯狄牽著走。

所幸柯狄本身挺喜歡小孩，覺得唐繼堯很是可愛，哄起來也還算得心應手，一路上沒有怨言也不覺得有多累。

有人幫忙顧孩子，蔣凡瑄自然樂得輕鬆，也多了更多空檔可以好好觀察蔣承動和柯狄之間的互動。

她看得出來蔣承動應該是真的很喜歡對方，無論走到哪裡、做些什麼，目光幾乎一直鎖定在柯狄身上，帶著眷戀和溫柔，很難不讓人察覺那眉眼之中蘊含的點點情意。

下午時分唐繼堯終於玩累了，吵著想吃冰淇淋，蔣凡瑄讓他跟舅舅一起去買，藉此逮住機會打算和柯狄單獨聊聊。

留下來的兩個人面對面坐在用餐休息區的空位，蔣凡瑄看著眼前據說比自己大兩歲、看起來卻比她年輕的帥哥，沉默了片刻後才悠悠開口：「我哥都跟我說了，說他喜歡你。」

柯狄沒料到她這麼直白，先是一愣，旋即輕輕笑道：「是嗎？他還說了什麼？」

「沒說很多，就說喜歡你，說你很好，還說了一點你們認識的經過。」將垂落下來的長髮勾到耳後，蔣凡瑄輕啟那雙擦著橘粉色口紅的雙唇，語氣認真，「老實說，我覺得你們兩個不太配。」

「哦？」柯狄有點意外蔣凡瑄這麼直接，「怎麼說？」

「怎麼說呢，年齡不是什麼問題我知道，我和我先生也差了很多歲。主要是外在條件差得有點多。」

「你覺得你哥長得不好看嗎？」柯狄笑著反問，「我就覺得他長得滿好看的，稍微改變一下穿著打扮，應該很能吸引年輕小女生。」

「我不是那個意思，我哥當然也好看。」蔣凡瑄手指繞著長髮，思考比較婉轉的措詞，「只是你看起來比較……嗯……」

柯狄卻主動接話：「我看起來比較愛玩，對嗎？」

蔣凡瑄緩慢地點了一下頭，說：「我沒有惡意，你別多想。我們畢竟是第一次見面，我看得比較表面。你長得真的很好看，相處起來性格也還不錯，感覺身邊應該也不太缺對象，我覺得你應該看不上我哥才對。」

蔣凡瑄這番話說得很直接，柯狄卻沒有半丁點覺得被冒犯，手肘支在木頭桌面上，單手撐著臉頰，反問著眼前字字句句都在為蔣承動考慮的女子：「你覺得你哥人好嗎？」

「當然很好。」蔣凡瑄毫不猶豫地回道，「他是世界上最好的哥哥。」

對蔣凡瑄來說，蔣承動就是一棵大樹，而她是依附在旁邊備受保護的一朵小花，從來不曾被雨淋、被風颳，在經歷那場童年巨變後，她仍然活在保護傘下，沒受過什麼委屈。

越長大她才越了解蔣承動當年的辛苦，越是知道他默不作聲地付出很多，就越是希望他有朝一日能夠擁有自己的幸福，不用再這麼累、負擔這麼多。

在蔣凡瑄大多時候的想像裡，她哥哥可能會和一個溫柔賢淑的女人結婚，對方能夠包容蔣承勳的一切，會心疼他過去經歷的種種，夫妻兩舉案齊眉、和諧美滿共度餘生。

所以也不能怪她對柯狄心存猜疑，畢竟眼前這個蔣承勳第一次親口承認喜歡的人，和她從前幻想過無數次的大嫂形象全然不同。

「我也覺得他很好，非常非常好。」柯狄嘴角勾著淡淡的弧度，認同地點頭，「既然我們都覺得他很好，那就更不用擔心什麼看不看得上、配不配的問題了。至於其他的……很多人都覺得我看起來愛玩，但其實我前段感情談了三年，這中間一心一意潔身自好、從沒跟別人不清不楚過，結果最後被人劈腿了。剛跟你哥認識的時候，我和對方也才分手大概一個月而已。」

柯狄的愛玩都是表面的假象，實際上在身邊有伴侶的時候，無論對男對女，他都相當懂得避嫌。

蔣凡瑄沒再對此多說什麼，只是在一片靜默過後，輕輕開口：「不知道我哥有沒有跟你說過我們家以前的事，我們父母在我很小的時候就意外過世了，我哥既要當爸兼差賺錢，又要當媽照顧我這個什麼都不懂的小屁孩。我還記得有一次，可能因為實在太睏了，他騎腳踏車送報紙的時候恍了神，結果在馬路上自摔，下巴摔破了個洞血流不止，但他沒有馬上去醫院處理傷口，只用衣服隨便抹幾下又繼續投報紙。是後來到學校被站門口的老師看到一直在滴血，才把他送去縫了好幾針，到現在下巴上還留著那時候的疤。」

柯狄聽著心裡緊緊揪了一下，緊隨而來的是一陣細細麻麻的刺癢和疼痛。

他抿了抿唇沒有開口打斷，聽蔣凡瑄接著說：「我哥以前太苦了，沒過過什麼好日子，現在他要和男的女的在一起我都沒意見，我也沒資格有意見，我只希望他能幸福。所以 Kody 哥，我也喊你一聲哥，如果你對我哥有意思，那你們好好過，如果你對他沒那個意思，我希望你可以讓他早點死心，他再沒幾年也要四十了，別拖著他。」

不遠處蔣承動一手抓著兩支冰淇淋，一手牽著還沒坐下就吃得滿嘴都是的唐繼堯，正朝著他們的方向走過來。

柯狄長長出了口氣，扶著桌子站起身迎上去，在經過蔣凡瑄身旁時，低聲留了句話。

「可能在妳看來沒什麼進展，但實際上我們有我們適合的步調和相處模式。不過妳放心，我要是沒意思，今天就不會跟著過來了。」

蔣凡瑄在柯狄腳步離開後半晌才慢慢轉過頭，陽光底下，她看著柯狄從蔣承動手裡接過草莓口味的冰淇淋，一口咬掉尖端，又抬頭不知道和蔣承動說了什麼，只見蔣承動搖頭，柯狄隨即就把自己手上的冰淇淋往他唇前湊，而蔣承動只猶豫了短暫幾秒，便就著柯狄的手和他分食同一支冰。

那兩個人的動作看上去多麼自然，自然到甚至有些刺眼。

整整一天下來，自始至終蔣承動周身的氛圍都是蔣凡瑄從前少見的輕鬆，眸底映著的高興連她這個旁觀者都一目瞭然。

她想著方才柯狄最後和她說的話，釋然地勾起唇角，慢了幾步也起身上前，毫不客氣地拿過蔣承動手裡另外一支快融化、特地為她買的巧克力口味冰淇淋。

他們待到傍晚離開遊樂園，又在附近一起吃了頓晚餐才各自打道回府。

道別前柯狄答應唐繼堯，說下次要帶他去機器人工廠玩。小男生最喜歡這些東西，立刻開開心心地跟柯狄打勾勾。

柯狄今天大清早就起來了，又陪唐繼堯瘋了一天，蔣承勳怕他太累，便沒打開車內音響，讓柯狄閉眼休息一下。

柯狄倒不怎麼覺得睏，閉起的雙眼在眼皮底下轉動幾圈，沒過一陣子又睜了開來，他轉頭看向專注開車的蔣承勳，張了張嘴，在昏暗的夜色中輕聲開口：「今天下午跟你妹聊了一下，你們感情真好，她很護著你。」

「咦？」蔣承勳不明所以地發出一聲短促的疑問音節。

「她怕我對你沒意思，怕我是在玩弄你。」

「你別聽她亂說，她就是愛操心。」蔣承勳邊轉動方向盤，邊趕忙解釋，「我從來沒有這麼想過。」

「我知道，我也沒這麼想過，也沒有想玩弄你。」柯狄低笑出聲，而後語氣中帶上了一點自嘲，「我也從來沒玩弄過誰的感情，向來只有我被玩弄的份。」

柯狄起了個頭，很理所當然地就接著講起了自己過去的情史。

在曹振澧之前他還談過三段戀愛，除了一任和平分手，另外兩任都是承擔不了出櫃的壓力，最後選擇甩了他，回頭嘗試和異性交往。

「我和前一任是在朋友聚會上認識的，交往了三年，一開始一切都挺正常，我們就像普通情侶一樣，會鬥嘴吵架，但大多時候感情還是很不錯。」

柯狄的後腦完全靠回椅背，身子放得很鬆，語氣也很平淡，說起這些過往時情緒也不再有所波動，「後來他失業，沒錢繳房租被房東趕出來，我就讓他先住到我那裡，還把他介紹進我當時的公司。」

柯狄當時待的公司薪水跟福利都還不錯，缺點就是業務身上背的業績壓力比較大，競爭也很激烈，曹振澧剛入職什麼都不懂，柯狄便親自一步一步地帶著教他，還把手頭上比較輕鬆簡單的幾個客戶轉手給他。

曹振澧上手得很快，沒多久就不用柯狄帶，自己也能做得很好。

後來不曉得跟誰學了一些不太正當的手段，為了業績開始會搶單搶客戶，而最好下手的對象，當然就是身為枕邊人、帶他入行的柯狄。

對於曹振澧這份野心，柯狄起先沒怎麼放在心上，甚至覺得他肯努力上進是件好事，直到後來漸漸開始有些不太好的傳聞在公司傳開，到最後更是讓他直接撞見了最不堪的場面。

「我那時候剛出差回來累得半死，只想早點洗澡睡覺，誰知道一打開門就看見我前男友和一個不認識的男人在客廳沙發上卿卿我我，褲子都脫了一半。」柯狄「嘖嘖」兩聲，嘴角勾著淡淡嘲諷的笑，「那畫面有夠香豔刺激，我精神一下就來了，把那對狗男男從我家趕了出去。那還是我第一次遇到這種事，被最親密最信任的人狠狠背叛，原本好好的價值觀瞬間就崩塌了。」

蔣承勳始終沒有出聲打斷他，只隨著他的一字一句或是抿唇或是皺眉，暗自心想柯狄這個前男友也太不懂得珍惜。

「我上次之所以問你會不會釣魚、無故對你冷淡，其實也不是想針對你，只是我還沒克服那種被背叛的心理陰影，是我的問題，和你沒關係。」

話說到這裡，柯狄長長地出了口氣停滯幾秒，等車子緩緩停在轉紅的燈號之前，他才又開口，「不過還是謝謝你，今天願意帶我認識你重要的家人，我覺得……很踏實。」

一直沒有開口的蔣承動趁著停等紅燈的短暫時間微微偏頭，深深看了柯狄幾眼，低著聲說：「我覺得我應該不太容易喜歡上一個人，三十六年來也只有你一個。」

這話說得有點突兀，柯狄想了一下才意會過來，蔣承動是在婉轉地告訴他，自己不容易喜歡別人、不容易對別人動心，既然現在對他動心了，當然就不會再看別的人。

聽懂了以後柯狄只覺得心口處脹得滿滿的，在燈號變綠之前，他轉頭和蔣承動對望了一眼，笑著說：「那真是我的榮幸。」

去的時候他們約在捷運站，回程時蔣承動直接把人送回家門口。

天色暗得很快很沉，蔣承動照著柯狄的指示把車停在附近無人的巷子邊熄了火，一時間沒人有任何動作。

方才分明聊了整整一路，此時此刻卻同時安靜了下來，兩個人看似心思各異，實則都在想著差不多的事——一個還不想離開，一個希望時間能稍稍暫停。

曖昧的氛圍正濃，柯狄解開安全帶，蔣承勳以為他要回去了有點不捨，但礙於時間晚了，便也沒有出聲挽留。

蔣承勳正想提醒柯狄回去早點休息，柯狄卻忽然伸手過來，指尖貼在蔣承勳冒著一點鬍渣的下巴摸索探尋。

上次是耳朵，這回是下頷，都是猝不及防的觸碰。蔣承勳肩膀僵了一下，有點不知所措，「怎、怎麼了嗎？」

「今天聽你妹妹說，你以前送報紙的時候摔過車，下巴現在還留著疤，我想看看。」

柯狄的指腹帶著一點不是很明顯的薄繭，磨得蔣承勳心尖發癢。

外頭的路燈年久失修，泛著比高掛天上的半月還要微弱的光亮，車內也沒開燈。

蔣承勳嚥了口唾液，又深深吸了口氣，隨即抬起手，碰上柯狄在他下頷處流連的手指，一邊仰頭、一邊牽引著他往靠近脖子一點的地方摸。

「這裡，不太好看，很醜。」蔣承勳沉著聲說，輕捏著柯狄指根的手卻不太想放開，「不過這個位置，一般不太會有人注意到。」

指下是一道微微凸起的陳年舊疤，摸起來大約兩三公分左右，不算太長，卻是他青春少年時，最辛苦最難熬的一道印記。

「是不是很痛啊？」柯狄指腹貼著摩挲，輕聲問。

「可能有一點，我不太記得了。」蔣承勳低聲笑笑，「那時候只想著要趕快把剩下的報紙送完，因為超時會扣錢。」

「一點也不醜。」柯狄又在那處摸了幾下才緩緩收回手，指頭上仍殘留著些許蔣承勳的體溫，「這是你為了家人很努力很努力才留下的勳章，你應該要感到驕傲。」

蔣承勳已經很久沒有聽過有人用這種哄人的語氣跟他說話了，一時間有些恍惚。

自從父母驟逝後，他獨自一人擔負起莫大的責任，一路上得到很多同情、很多憐憫，卻從來沒有人像柯狄一樣，撫摸著他並不好看的傷疤，告訴他那是他努力過的動章，他應該為此感到驕傲。

說到底無論是蔣承勳臉上的疤，還是柯狄心裡的傷，其實都與對方無關，卻一點也不妨礙他們為彼此心疼。

蔣承勳在黑暗中凝視著柯狄的輪廓，名為喜歡的感情盛滿整個胸腔，彷彿只要再多一分，就會全部傾巢而出。

「Kody，我……」

「叭——」

蔣承勳剛啟唇正欲說些什麼，忽然被後頭一道長而尖銳的喇叭聲打斷了思緒。

他打開車窗探頭看出去，只見後方一輛白色國產車對著他們閃了兩下大燈，司機也探出頭來沒好氣地喊了一聲：「可以麻煩往前一點嗎？你車屁股擋到巷子口了，別人進不去啊。」

「抱歉抱歉，我們馬上就走。」

蔣承勳紅著臉連聲道歉，立刻把車往前開出一點距離，讓後頭的車能夠彎進巷子裡。原先再好的氣氛，在這種情況也都被硬生生打斷了，車內的兩人頓時都有些哭笑不得。

「今天先到這裡吧，我差不多該上去了。」待那輛煞風景的車彎進巷子裡，柯狄微微彎著唇角道，「今天玩得很開心，謝謝你。」

「啊，好。」儘管正好的氣氛被破壞有點可惜，蔣承勳還是沒有再開口留他，「你今天也辛苦了，回去早點睡，明天好好休息。」

柯狄開門下了車，在敞開的車窗邊朝車內的蔣承勳揮了揮手，「開車小心，到家跟我說一聲。嗯……可以打電話跟我說。」

晚風吹開柯狄壓在帽簷下的瀏海，蔣承勳抬眼看向他那雙含笑的眼睛，溫聲應道：「好。」

馬上要過年了，連著九天的長假將至，儘管工作依舊忙碌，大多數人的心還是都浮躁了起來，趁著工作間隙規劃起長假要做些什麼。

柯狄倒沒那些閒情逸致，週一一上工就接到了一項產品的客訴，正忙著和工廠釐清問題和安排重新製樣補貨。

同事閒聊時問起他過年有什麼安排，他總是笑著說得先把手上工作安排完，才有時間想那些。其實就算工作忙完了，他也沒什麼事情可安排，畢竟自從向父母坦承性向以後，過年也回不了家了。

闔家團圓一直都離他很遠，以前就算還沒和曹振灃分手，也因為對方沒向家裡出櫃，逢年過節依然只能自己獨守，他都習慣了。

只是偶爾一個人走在年節氛圍濃厚的大街上，看著來來往往的家庭或情侶高高興興地一起採買年貨，多少還是會有些心生嚮往。

下午忙得差不多告一段落，柯狄偷空到樓下抽根菸喘口氣，才剛吐出一口白煙，握在手裡的電話突然震動起來。

柯狄看了一眼，有點意外蘇巧茹這個時間找他。

蘇巧茹是自己開美甲店，作息本來就和柯狄這種朝九晚不定的上班族不太一樣，平日知道他在工作，除非有什麼特別重要的事，不然一般不會在工作時間打電話來。

柯狄接起電話，咬著菸頭，含含糊糊地笑著問了一聲：「茹姐這時間點打給我，是忘了今天是週一嗎？」

「你會接就代表你在休息，你在休息就代表你有時間聽我說八卦。」電話那頭的蘇巧茹語速有些急促，「本來想憋到你下班再聯絡，又怕耽誤你跟那個誰約會。」

身為柯狄身邊關係最親近的朋友，蘇巧茹當然知道他最近和上次照片裡那個呆板老實男發展得還不錯，現在連週末假日都不太好約出門了。

「說吧，什麼驚天大八卦讓妳一定要這個時間打給我？」

「那個垃圾被你前公司炒了，上上週的事情吧，據說是上班時間在公司廁所幹了什麼見不得人的事，被高層當場抓包，當天就掰掰了。」

太久沒聽到和曹振灃有關的訊息，柯狄想了一下才反應過來蘇巧茹口中的垃圾是誰。

具體是幹了什麼見不得人的事蘇巧茹沒仔細說，但他大概也猜得出是怎麼一回事，柯狄沒興趣知道詳細的內情，只冷笑一聲說：「他當初都敢直接把人帶到我家裡來，做出這種事很意外嗎？」

蘇巧茹「嘖嘖」兩聲，感慨道：「你們Gay都這麼大膽的嗎，在公司也能搞起來。」

「妳別亂開地圖炮，我可是個保守的Gay，沒在任何公共場所幹過這種事。」蘇巧茹的話讓柯狄想起之前他和蔣承勳在夜晚公園裡撞見的場景，抿著唇低低一笑，「妳這八卦也不怎麼樣嘛，就五分不能再高了。」

蘇巧茹笑著罵他難伺候，這麼勁爆的事都無法激起他的興趣，卻又釋懷地想，至少柯狄是真的放下並且走出來了。

「不過撇除這個，他最近好像到處跟人借錢，你自己小心一點，別又被他纏上了。」

「同居的那一年半他一天房租水電都沒付過，要是真的找到我這來，我會先讓他把之前欠的都吐出來。」柯狄呼出最後一口煙，把菸蒂捻熄在一旁的煙灰桶上，「妳放心，我自己會看著辦。」

他們又短短地聊了一段時間，柯狄也差不多該上樓回去工作了，蘇巧茹趁著最後提了一句，「有空吃頓飯吧，把那個誰一起帶來，我替你把關看看。」

「等過完年吧。」柯狄在心裡盤算了一下時間，隨口應道，「不聊了，我要回去忙了。」

柯狄掛上電話，往嘴裡塞了兩顆口香糖，往回邁的腳步稍稍一滯，思忖了半晌改拐進一旁的便利商店裡。

研發部開了整個下午的年度總結會議，又討論了新年度的研發計畫。從會議室出來時，包含蔣承勳在內的所有工程師各個都昏頭轉向，險些沒把腦袋塞爆。

蔣承勳正想著把手頭上的一些工作整理好，早點處理完早點下班，一回座位就看見自己桌上放了杯飲料，是樓下便利商店的杯子，一摸杯身還溫溫熱熱的。

他一邊感到狐疑一邊喚醒電腦，才注意到十幾分鐘前柯狄傳了訊息給他，要他出來領下午茶。可能看他沒有回覆，過幾分鐘後又說請他們櫃檯小姐轉交了，叫他趁熱喝。

蔣承勳掀開杯蓋喝了一口，是熱可可，味道苦甜苦甜，一口就暖進心裡。

他把杯子放回桌上，對著它拍了張照回覆給柯狄。

——收到了，還是熱的，很好喝，謝謝。

正想順勢約柯狄一起吃晚餐，拿文件來給他簽名的小孟看到了擺在桌子正中間的飲料，笑著朝他擠眉弄眼，故意試探道：「都送愛心飲料來了，老大你這是順利脫單了吧？恭喜啊。」

蔣承勳接過文件夾，不好意思地笑了一下，「還沒、還沒，我還得再努力努力。」

一聽蔣承勳否認，周瑀歡立刻從位子上跳起來問：「不對啊，我上次都看人家挽著你的手了，怎麼還沒在一起啊？老大你不會是被人騙了吧？」

周瑀歡不提還好，一提就讓他想起柯狄那時候的誤會，蔣承勳好笑又無奈地解釋：「妳上次看到的是我妹妹，親生的，比我小了十歲。她是長得滿漂亮的，可能是這樣才讓妳誤會了。」

蔣承勳鮮少在公司提起私人的事，這還是底下一票人頭一次知道他還有個小十歲的妹妹，紛紛繼續打探了起來。

「老大你太不夠意思了，有個年輕漂亮的妹妹還不為我們這些單身理工男謀點福利。」

蔣承勳笑著說：「她結婚了，我外甥都五歲了。」

周瑀歡不死心繼續問：「不是那位大美女……那、那老大你在追的，跟今天送飲料的，是同一個人嗎？」

蔣承勳點了點頭，低低應了聲「嗯」。

其他人還想追問究竟是何方神聖擄獲了他們家老大的一顆純情芳心，剛才替柯狄轉交飲料、和研發部門關係也很好的櫃檯小姐正好經過，聽見他們的閒聊，悠悠地補了一句，「剛剛送飲料來給蔣哥的，是對面公司的一個年輕帥哥喔。」

隨著這句話，四周空氣頓時凝滯了數秒，所有人的目光齊齊轉向一臉尷尬中帶著羞澀的蔣承勳，不可置信地同時喊道：「欸？」

07
第七章
SCANNING…

蔣承勳花了點時間解釋，這一年來他一見傾心、到如今還一直追求著的對象不是什麼漂亮的女孩子，而是對面公司長相惹眼的帥氣型男。

他們部門感情很好，對自家老大突如其來的出櫃除了一開始的驚訝以外，並沒有表露出任何提防與歧視。無論喜歡男的或女的，老大都還是他們的老大。

唯獨周瑀歡比起其他人更傷心一些，畢竟她本來以為自己只是比不上那個挽著蔣承勳手臂的大美女那就算了，沒想到根本性別就不對。

「好了，閒聊就到這裡，回去工作。」一直被圍著盤問的蔣承勳輕敲了敲桌子，示意想聽八卦的眾人現在還是上班時間，別太張揚，「等真的追到了，我再請大家吃飯。」

這件事蔣承勳沒特別跟柯狄提起，再怎麼說兩人還不是那樣的關係，自己竟然因為一杯熱可可就這麼出櫃了，他怕柯狄會感到有負擔。

而柯狄最近也很忙，得一路加班到年前，沒什麼機會和他一起吃晚餐。除了每天傳傳訊息、睡前通個電話說聲晚安，也沒太多時間能夠好好聊上幾句。

好不容易終於熬到放假了，連假開始的第一天，趁著還沒真正過年，兩個人便相約一起看場電影吃頓飯，飯後再四處逛逛。

年前正是街上最熱鬧的時節，人來人往，走沒幾步就會和人肩擦著肩，蔣承勳怕柯狄被撞到，手一直保持著禮貌得當的距離護在他背後，沒有直接碰到。

兩個大男人逛了一下午的街，柯狄還替蔣承勳搭了幾套不是他平常穿衣風格的衣服，讓他換上一身和自己同色系的淺灰色高領毛衣，仗著蔣承勳大概不懂，硬是和自己配成了一套情侶裝。

買完了衣服從百貨公司出來，蔣承勳說有點渴了，就跑去對面的飲料店排隊買飲料，柯狄留在街邊等他，找了個人稍微少點的地方點了支菸。

抽沒幾口，就聽見一旁有道有點耳熟的聲音喊了他的名字，柯狄夾著菸的手指一頓，順著聲音的方向側過頭，沒想到會在這裡碰到好幾個月不見的曹振澧。

他暗罵了句髒話，城市這麼大，偏偏總能碰上這輩子最不想再碰見的人。

曹振澧和最後一次見面時的樣子落差很大，好像瘦了很多，臉頰微微凹陷，眼眶底下是深重的黑眼圈，看上去格外憔悴。

柯狄輕蹙著眉草草掃了幾眼，很快就收回了視線假裝不認識對方。

「我本來想著過完年要再去找你，沒想到先在這裡遇到了。」見柯狄不搭理他，曹振澧也沒氣餒，幾步邁到他跟前，想伸手拉他，「Kody，我還是放不下你。我跟他真的都結束了，已經斷乾淨了，我現在清清白白，再給我一次追求你的機會好不好？」

「你還敢來找我？曹振澧，你不要臉嗎？」柯狄避開他伸來的手，嫌惡地往旁邊退了幾步，「我對你只有那一句老話，滾。」

「Kody 你別生氣了，我真的知道錯了，我以後一定會加倍對你好。」曹振澧不死心，趁著柯狄不備之際一把握住他的手腕，口口聲聲說著些早就沒有任何意義的話，「我會和別人保持距離，手機和電腦也隨便你查勤，不會再讓你有任何不安了。」

曹振澧手冰得不太正常，力氣也出奇得大，柯狄掙扎了兩下竟沒能掙脫，低低罵了聲：「幹！你有病吧！」

兩個大男人在熙來攘往的大街上拉拉扯扯很是引人側目，柯狄不想被陌生人圍觀，又用力掙扎了幾下還是掙不開。

他冷笑了聲，乾脆用沒被捉住的那隻手摘下嘴裡的菸，拿著作勢要往曹振澧抓著他的手上燙。

蔣承勳提著飲料回來，正巧就看到一個不認識的男人在和柯狄糾纏拉扯，而柯狄摘下菸頭想往那人手上燙，對方反射性鬆開了手的那一幕。

「Kody。」蔣承勳快步上前回到柯狄身邊，看著氣氛詭異的兩人，微偏過頭問，「怎麼了？出什麼事了？」

柯狄把菸捻熄扔進了垃圾桶，轉了轉方才被抓痛的手腕，含糊道：「沒事，我們走吧。」

「我們還沒說完，你想去哪？」曹振澧的臉色相當難看，又出手想拉住柯狄，然而剛伸出一點的手馬上就被蔣承勳擋下。

他這才注意到這個站在柯狄身邊看起來有些年紀的男人，不悅地問：「你誰啊？我跟 Kody 說話關你屁事？」

「我——」

「他是我男朋友。」

蔣承勳剛一個「我」字脫口，柯狄就擅自接了後面的話。

這樣還不夠，柯狄還悄悄把手往旁邊探，直接握住蔣承勳靠近他那側的手，指頭一一卡進他的指縫之中，握緊扣牢，「誰才是不相干的那個人，你自己心裡有數了吧。」

蔣承勳微不可察地愣了一下，隨即反應過來，大概猜出了眼前這個人的身分，而柯狄應該是要他配合演場戲的意思，於是便盡可能讓自己看上去自然一點。

他也牽住柯狄的手，拇指貼著他的虎口輕輕蹭了幾下，似是安撫也似是示意他自己會好好配合。

「男朋友……」這三個字幾乎被曹振澧咬碎在齒間，他紅著一雙眼看著兩人牽在一起的手，垂在身側的雙手緊緊握拳，「不可能，你騙我，你是故意要激怒我。你以前說過不喜歡年紀大的，你一定是故意要氣我，對，你一定是故意要氣我的。」

儘管那句不太中聽的「不喜歡年紀大的」讓蔣承動心裡被戳了一下，但看著眼前男人神情有些恍惚的模樣，他輕輕扯了一下柯狄的手，湊到他耳邊小聲說：「他不太對勁。」

柯狄也看出來了，這傢伙今天很是反常，曹振灃這麼愛面子的人，如果是以前根本不可能在大街上當眾糾纏要求復合。

「別管他了，走吧。」

柯狄牽著蔣承動打算離開，曹振灃卻不依不饒，執意糾纏到底。

「你們上過床了嗎？看樣子是沒有，你知道這傢伙在床上多浪蕩嗎？」曹振灃死死盯著蔣承動，硬撐著一抹挑釁的猙獰笑容，嘴裡說著下流不堪的話，「他張開腿求我幹他的樣子有多騷，你知道嗎？你能滿足得了他嗎？他——」

「夠了，再說下去就太過分了。」蔣承動緊擰眉心，往前跨了一步把柯狄擋在身後，他比曹振灃還要高一點，一往前站氣勢也高了一截，「我不認識你，也不在意你和他的過去，但大庭廣眾之下說這些事情很不恰當，如果你非要繼續糾纏下去，我們只能請警察來處理了。」

最私密的床笫之事被人這麼赤裸裸地攤在眾人眼前，還是當著自己有心發展的對象面前，柯狄本來應該相當憤怒、難堪、羞恥，可是看著擋在自己身前寬厚的背影，和一牽上就不曾鬆開一分一毫的手，相貼的掌心隱隱泛著熱度，給足了他前所未有的安全感。

這一刻柯狄恍然地想，原來安全感這種東西是可以重塑的，取決於和誰在一起。曾因曹振澧而破碎的安全感，蔣承勳輕而易舉就完整給了他。

柯狄深深吸了口氣，從蔣承勳身後探頭出來，臉頰微靠著蔣承勳的肩頭，目光不著痕跡地往身前那人的手背瞥了一眼，繼而看向早已和他記憶裡大不相同的前男友，下了最後通牒：「你可能忘記了，蘇巧茹他男朋友是警察，剛好我也認識一些律師朋友，希望今天是我最後一次看見你。」

說罷他再也不給對方任何眼神接觸，扯著蔣承勳轉頭就走。

好好一場約會硬生生被這突如其來的意外破壞，蔣承勳小心翼翼觀察著柯狄的臉色，一邊希望他不要不高興，一邊又希望他暫時不要注意到他們因演戲而牽起的手還尚未鬆開。

「我想去沒有人的地方。」走了一段路後，柯狄忽然小聲開口。

蔣承勳當然不會拒絕他提的要求，只是思來想去，最後想得到沒有其他人的地方，也只有自己車上了。

柯狄對去哪沒有意見，只要能和蔣承勳單獨在一起沒有別人，隨便哪裡都行。帶他回家，或去旅館開房間也無所謂，不過是他知道為人正直如蔣承勳肯定不會想到這些。

直到回到車上，兩人一直相握的手才終於分開，蔣承勳有點遺憾地搓搓手指，上頭還隱約殘留著柯狄手上的溫度。

柯狄臉色始終不太好，蔣承勳剛放下手裡的飲料想開口說點什麼，副駕駛座的那人便猝不及防地傾過來往他身上貼，同時低聲說：「抱一下。」

蔣承勳聽清楚了，他略有些遲疑地張開手虛環上柯狄的背，手心托著他的後腦輕撫了幾下，用哄孩子一樣的語氣安撫他：「沒事了，如果他再來找你，我們就直接報警。」

「我不想讓你見到他，我自己也不想見到。」額頭靠著蔣承勳寬厚的肩膀，柯狄閉了閉眼輕聲道，「也不想讓你聽到這麼難堪的事。」

蔣承勳從善如流，「我記憶力不好，不記得了。」

「倒也不用這樣哄我。」柯狄低笑一聲，又嘆了口氣喃喃道，「其實我懷疑他可能嗑藥了，整個人都不對勁，精神不太正常，手背上還有瘀青和針孔。不過也可能是我想太多了，搞不好只是生病打了點滴也不一定。」

「他怎麼樣都和你沒有關係了。」蔣承勳的手從柯狄的後腦滑到頸項，安撫地輕輕揉捏，「如果下次再碰到，就報警讓警察驗看看他是不是真的嗑了藥。」

柯狄悶悶地應了聲「嗯」，沉默了半晌過後，才突然有些彆扭地解釋道：「我……我剛剛……我剛剛不是要利用你。」

蔣承勳忙道：「我知道，我沒誤會，我——」

「你不知道。」柯狄抬起頭，距離極近地看著蔣承勳說，「本來是想等過完年，等你回老家掃完墓回來再正式和你說的，但我現在有點不想等了。」

意識到柯狄想說什麼，蔣承勳心跳得前所未有的快，兩人此時此刻比之前都還要曖昧親密，他怔怔地看著對方的眼睛，只聽到柯狄一字一句說：「承勳哥，我們在一起吧。」

蔣承勳張唇動了動，有些不太確定地問：「你是、你這是……答應我的追求了嗎？」

「不是。」柯狄邊說著邊仰起頭，微涼的嘴唇輕輕擦過蔣承勳的臉頰髮鬢，最後停在他發紅的耳邊，輕聲說，「是我也喜歡上你了。」

柯狄的一句喜歡，讓蔣承勳整個過年都恍恍惚惚，像在作夢一樣。

蔣承勳每年過年都過得很簡單，蔣凡瑄結婚前就兄妹兩人一起吃頓年夜飯，看看每年內容都差不多的新春節目。

結婚以後蔣凡瑄不願意哥哥過年一個人在家，便和先生溝通，讓蔣承勳跟著他們一起回老家過年。

所幸蔣凡瑄夫家長輩都通情達理，知道妹妹心疼哥哥，當然很歡迎蔣承動一起。而蔣承動也從一開始感到不太自在，到後來幾年已經習慣了，每年就在蔣凡瑄夫家待兩天，初二再帶著妹妹妹婿和外甥一起回老家掃墓，留宿一晚後在初三踏上回程，也就算過完一個年了。

不過今年不太一樣，他心裡有了惦記，蔣承動知道柯狄過年不回老家，就想留下來陪陪他，但被柯狄拒絕了。提議的時候柯狄還沒對他告白，也還沒跟他說要在一起，蔣承動當然不會勉強他。

然而就在除夕夜前兩人的關係不一樣了，蔣承動更捨不得柯狄一個人孤零零留在家裡，卻無奈蔣凡瑄這邊的行程都安排好了，不好臨時推拒。

柯狄也不想讓蔣承動為了自己改變計畫，那晚在車裡柯狄帶著涼意的嘴唇碰著他幾乎發燙的臉頰，低聲和他說不急，說他們慢慢來就好，明年再一起過也一樣。

面對柯狄，蔣承動從來都說不出一個「不」字。

熱熱鬧鬧的年夜飯蔣承勳卻頻頻分神，他知道飯桌上一直看手機很不禮貌，硬是忍到下了桌才摸出手機來查看。

柯狄一個小時前傳了訊息給他，說跟幾個也無家可歸的朋友出去吃飯，蔣承勳看著「**無家可歸**」四個字微微蹙眉，打了一行「**別玩太晚早點休息**」，看了半天又怕柯狄覺得他們才剛交往自己就管很多，想想後整行刪掉，改成了「**好好玩注意安全**」。

「哥你不對勁。」

蔣承勳手指才剛點下傳送，蔣凡瑄就捧著一顆沒切的蘋果「喀嚓喀嚓」地邊咬著邊坐到他旁邊。

蔣承勳連頭都沒抬，低低應了聲，默認了自己的不對勁。

「你這是跟 Kody 哥有進展了啊？」

家裡幾個小孩都在院子玩鬧，其他大人跑去屋裡面開了兩桌打麻將，客廳只剩下寥寥無幾的三四個人在吃水果看電視，蔣凡瑄瞥了眼蔣承勳的手機螢幕，咋了一下舌小聲說：「我要有大嫂了？」

「別亂喊。」嘴上這麼說，蔣承勳的唇角卻藏不住笑意，「以後見到還是叫哥，叫男生大嫂不禮貌。」

「那是不是有進展了嘛？」

蔣凡瑄撞撞他的肩膀，非要討個明確的答案。

「算……是吧。」

蔣承勳拿她沒轍，為了避免不必要的擔心，自動省略了真正讓他們關係大躍進的前男友鬧場一事，只說當時車內氣氛正好，他們彼此互訴情衷，順理成章就在一起了。

說得輕巧，實際上蔣承勳自己都覺得不可思議。

雖然這一陣子能明顯感覺到他和柯狄的關係拉近了不少，只是他一直不敢細想再更近一步的事情，沒想到這麼快就能等到柯狄的一句喜歡。

「承勳這是談戀愛啦？」蔣凡瑄的婆婆唐阿姨端著一盤切好的水梨來到客廳，正好聽見他們兄妹的對話，笑咪咪地把盤子放到桌上，「小唐有個在國外讀書的堂妹剛回國，本來想說明天介紹你們認識認識，不過正在談了也好。」

蔣承勳靦腆一笑，「讓阿姨費心了。」

唐阿姨生性心軟和善，對誰脾氣都很好，尤其心疼他們兄妹過去的經歷，自蔣凡瑄嫁進來後，一直都把他們當自家人照顧。蔣承勳年紀也不小了，身邊始終沒有對象，即便不是親生的孩子，也多多少少會為他操心成家的事。

「現在和誰都能結婚了，如果喜歡就早點定下來。」唐阿姨不是沒聽見方才蔣承勳要蔣凡瑄將大嫂改口成哥，心裡很是清楚，只是沒把話說白，暗示地眨眨眼笑說，「小瑄也會比較放心。」

蔣承勳微微一愣，和蔣凡瑄互看了一眼，心照不宣地笑了。

時間漸晚，十點多偌大的屋裡還很熱鬧，麻將桌上的廝殺未完，而外頭玩鬧的孩子們放完鞭炮後紛紛進了屋，累的回房睡、不累的就窩在客廳吃零食看電視。

蔣承勳躲到陽臺跟柯狄通電話，知道他已經吃飽回家，準備打打遊戲就睡了。蔣承勳嘴上說著早點休息，心裡卻還是惦記著。

到十一點他終於還是坐不住了，蔣凡瑄剛哄唐繼堯睡著，出來倒杯水喝，見蔣承動還坐在沙發上操作手機，便上前關心，「你還不去休息啊？」

客廳裡除了他們，就剩兩個剛考完學測的男孩子坐在電視前打電動，蔣承動看著他們的背影，壓低了聲音道：「我還是想回去一趟。」

「回去？現在？」

「嗯，Kody 一個人在家，我想回去看看他。」

蔣凡瑄不知道柯狄家裡的情況，只當她哥是第一次談戀愛熱血衝動，一刻也不想分開。

她身為過來人，了然地擺擺手，「你想去就去吧，反正就跨一個縣市而已，這個時間應該也不太會塞車。明天的家庭聚會我再跟媽他們說一聲就好，你不參加也不會怎麼樣。初二再看怎麼約，看是要直接老家碰面還是哪裡會合都可以。」

有了蔣凡瑄這番話，原本的猶豫踟躕慢慢確定了下來，他請蔣凡瑄之後替他向已經睡了的長輩打聲招呼，收拾了東西，帶著一點緊張和期盼，就乘著夜色開車離去了。

年節時分外頭總是熱熱鬧鬧，過十一點了還不斷有人在放鞭炮，每年都是這樣，得一直放到凌晨才會收工。

柯狄半躺在床上，打了幾局遊戲覺得沒意思，想早點睡又沒什麼睡意，垂著眼點開一個群組聊天視窗，往上滑了幾下，看著自己獨角戲般傳送的訊息，輕輕抿起唇。

新年快樂，祝平安。

中秋節快樂，祝平安。

媽，生日快樂，祝平安。

端午節快樂，祝平安。

爸，生日快樂，祝平安。

一成不變的定時祝福，一成不變的已讀不回，出櫃後這幾年的訊息往上滑沒幾下就到了頂，再更上面的是已經想不起來是什麼時候的家人間瑣碎閒談。

回頭來看雖也不算熱絡，還是有往來間的溫度。

柯狄心無波瀾地翻看片刻，要說完全沒有遺憾是不可能的，可是人生終究有些事勉強不來，他只能盡力在別的方面彌補。

他輕嘆了口氣退出視窗，有點想找蔣承勳說說話，但對方作息健康，平常這個時間點差不多已經睡了，也不好打擾，只能繼續漫無目的地滑著手機，靜候睡意自己找上門來。

沒想到快十二點的時候還沒等到睡意，卻等到他以為已經休息了的蔣承勳傳來的訊息。

蔣承勳：睡了嗎？

蔣承勳：（狗狗探頭）

蔣承勳：沒睡的話，下來一下？

柯狄怔怔地捧著手機反覆看了好幾遍，才意會過來蔣承勳是什麼意思，連忙從床上爬起來，一邊撥通電話。

電話那端的蔣承勳很快就接了，柯狄質問他現在在哪裡，蔣承勳支吾了幾聲，還是老老實實地說在他家樓下，又很快補充說如果已經休息了就不用下來也沒關係，他等等就走。

柯狄簡直無言以對了，有些無奈地說了一句「你等一下」就掛了電話，隨手披了件外套下樓。

過年期間剛好一波冷氣團來襲，深夜正是最冷的時段，柯狄剛一下樓、推開緊閉的鐵門，一眼就看見裹著寒風在樓下等待的蔣承勳，一時間又是心軟又是心疼。

「你怎麼來了？」柯狄幾步上前，故意加重語氣問，「不是說過完年再約嗎？大半夜不好好休息，跑來我這裡做什麼？」

「路上的店都關門了，只剩一家賣鹹酥雞的還開著，我買了一點想跟你一起吃。」蔣承勳答非所問，見柯狄眉心緊鎖以為他不高興，便有些愧疚地道，「你別生氣，我只是想見見你陪你一下，你不高興的話，我下次會先問過你。」

柯狄哪可能真的跟他生氣，只是心疼他舟車勞頓，冒著不到十度的低溫連夜趕回來，只為了陪一陪獨守空巢的他。

這麼多年他都是一個人這樣過來的，習慣是真的，空虛也是真的，他的確不希望蔣承勳為了他改變原定計畫，但在最空虛的時候，最想見的人像驚喜一般憑空出現，他怎麼可能不心動。

「逗你的，我沒生氣。」柯狄破顏微笑，往前邁了兩步，伸手抱住他，下巴墊著他的肩膀輕聲說，「你不用這麼小心翼翼，現在你不是在追求我，我們是在談戀愛。」

蔣承勳挪了隻手出來摟住柯狄的腰，乖乖地應道：「好。」

外頭太冷了，摟抱著沒多久柯狄就開始流鼻水，他剛吸了兩下鼻子，蔣承勳就鬆開他，從口袋裡掏出一包面紙遞過去，「你先擦擦。去我車上吧？外面太冷了，我把車停在附近停車格，這次沒擋到巷子。」

「去你車上幹嘛？吃鹹酥雞啊？」

柯狄接過面紙擤了擤鼻涕，還是對蔣承勳的正直感到有點不可思議。大半夜人都到他家樓下了，竟然不想上去坐坐，只想回車上避風吃消夜，吃完可能還會跟他說早點回去休息，然後兩個人各自回家。

柯狄哭笑不得地想著蔣承勳跑來這一趟到底是為了什麼，為他帶來物理上的溫暖，就沒有其他所求了嗎？

偏偏蔣承動還一本正經地點頭說：「嗯，趁現在還是熱的，等等冷掉就不好吃了。」

「承動哥……」柯狄低低嘆了口氣，抬手捧住蔣承動的臉，「都是成年人了，沒必要這麼純情。」

「嗯？」

「你都送上門來了，我怎麼可能會讓你走。」

柯狄一面說著一面緩緩湊近，聲音越來越低。

先是鼻尖碰到鼻尖，而後兩雙嘴唇輕輕相觸，再也沒有任何間隙。

這天夜晚分明冷得不行，可是蔣承動心想，未來無論過了多久，再回想起自己的初吻時，他可能不會想起冬夜的寒冷，只會記得縈繞在鼻息間的鹹酥雞香氣，和強烈得幾乎令人窒息的悸動。

08
第八章
SCANNING…

蔣承勳迷迷糊糊地被柯狄帶上了樓，糊里糊塗就這麼留宿了一晚。兩個人躺在同一張床上、蓋著同一條被子，卻規規矩矩清清白白，整整一夜什麼事也沒有發生。

第一次跟喜歡的人單獨過夜，還睡在同張床上，蔣承勳勉強壓下心裡的激動，渾身緊繃地直直朝上仰躺，閉著眼默數了上百隻羊才勉強入睡。

然而再睜眼時他卻發現懷中異常溫暖，自己不知道何時翻過了身，把柯狄抱在懷裡，手還緊緊地摟在他的腰上。蔣承勳愣然地愣了好一陣才回過神來，心跳驟然加快，卻又不想拉開彼此的距離。

昨晚的記憶慢慢回湧，蔣承勳想起他們在夜色下接了一個輕而綿長的吻，上樓後又像什麼事也沒有發生，一起吃了消夜就各自盥洗上床。柯狄入睡得很快，躺下來沒聊幾句聲音就越來越小越含糊，一下子就沒了聲音，獨留蔣承勳一個人慢慢數羊。

蔣承勳稍稍向後退開一點，避免晨起時尷尬的生理反應碰到對方。他低下頭看著那張安穩的睡臉，伸手將幾縷貼在眼皮上的瀏海撥向一旁，又順勢用指尖輕描著他的眉眼、鼻梁、臉頰，最後是那雙昨天才吻過的嘴唇。

接吻的感覺很奇妙，兩雙唇瓣明明都不算柔軟，還被冷風吹得乾燥脫皮，那滋味卻教人意猶未盡，想一嘗再嘗。

蔣承動用拇指按著柯狄的下唇正看得出神，指尖忽然一熱，被淺淺地咬了一口，他頓了一秒，愣愣地對上柯狄半睜開的眼睛。

「早啊，承動哥。」剛醒時的嗓音帶著些許鼻音和顆粒感，聽上去頗有撒嬌的感覺。柯狄仰起頭，在蔣承動冒出鬍渣的下巴上親了一下，悶悶地笑了幾聲後說：「睡美人好歹也是被吻醒，你就只是看著啊？」

蔣承動的喉結滾動，帶著一點遲疑地用嘴唇碰碰柯狄的鼻尖，低聲回道：「早。」

蔣承動骨子裡其實有些古板，縱然兩人僅僅是抱著睡過了一夜，沒有做更加深入的事情，他還是覺得自己應該要負些責任。

「Kody，」他摸著柯狄的臉，認認真真地向他承諾，「我以後會對你好，不會辜負你。」

柯狄腦子轉了兩圈才明白他在說什麼，忍俊不禁，「你什麼都還沒做，就急著要對我負責啊？」

蔣承勳以為柯狄說的「做」是指「做對他好的事」，神情嚴肅而堅定地回道：「以後都會做到。」

柯狄存著一點調戲人的念頭，沒想到對方答得這麼乾脆，便聳了聳肩笑咪咪地回：「那好吧，期待你之後的表現。」

柯狄原先年假就沒特別安排什麼行程，蔣承勳意料之外地跑來陪他，也沒什麼特別想做的事，兩個人安安靜靜地窩在客廳待在一起，什麼都不做也覺得很踏實。

外頭天氣太冷，柯狄實在懶得出門覓食，索性提議點個外送，就不用出門吹風了。

蔣承勳沒用過外送APP，好學地交出自己的手機請柯狄教他，說這樣以後要叫下午茶，就不用總是麻煩助理，他自己就能點餐了。

柯狄接過蔣承勳的手機，輸入密碼0117，蔣承勳說那是他們第一次見面的日期，柯狄自己已經不記得了，蔣承勳卻設成手機密碼，時時刻刻都記在心上，也是一種特別的浪漫。

蔣承勳的手機介面很乾淨，沒有遊戲或一些雜七雜八的休閒 **APP**，只有固定幾個工作會用到的。

他的桌布是柯狄和唐繼堯一起朝著鏡頭比手指愛心的照片，俏皮又可愛，照片是蔣凡瑄拍的，蔣承勳覺得好看，便要她傳給自己，從而設定成手機桌面。

「你都不怕別人看到嗎？」雖然不是第一次看到，可是看著螢幕中的自己，柯狄多少還是覺得有些不好意思，「要是有人看到了，問你這兩個人是誰你會怎麼回答？你弟弟跟他兒子？」

「不怕。」蔣承勳答得坦蕩，「別人問就說是我外甥跟……我男朋友。」

這個回答還算讓人滿意，柯狄點點頭沒再多說什麼，開始教他下載 **APP** 綁定資料，和第一次教他使用行動支付時一樣耐心十足。

最後他們在一片讓人眼花撩亂的餐廳中選定了一家義式料理，下單付款一氣呵成。

「好了，這邊有顯示預計時間，大概再半個小時我們就有飯吃了。」點餐的過程中柯狄換了個姿勢，曲膝仰躺在蔣承動硬梆梆的大腿上，懷裡還塞了顆抱枕，「很方便吧？」

「太方便了。」蔣承動的目光還盯著手機螢幕，一邊下意識揉著柯狄的頭髮，一邊忍不住感嘆。

柯狄閉上眼享受蔣承動溫柔的撫摸，也跟著喃喃低語：「科技使人墮落。」

兩個墮落的人窩在沙發上耍廢了一陣子，半個小時後蔣承動的手機響了，是外送員打來的電話，說餐點到了要不要送上去，要送上去的話請他幫忙開樓下的鐵門。

「門口旁邊對講機，按紅色的那個按鈕就可以開了。」

柯狄抱著抱枕沒想移動，伸手指向門口處，要蔣承動去開門。蔣承動把柯狄的頭從自己腿上捧起又輕輕放下，沒有任何異議地走去開門。

假日使人放縱，柯狄原本還賴在沙發上昏昏欲睡，過了好幾分鐘發現蔣承動還沒回來，猛地回過神坐起來，看向不遠處的門邊。只見蔣承動一手提著塑膠袋，靠在門緣對著外頭的外送員不曉得在說什麼。

柯狄眉心微微一皺，拖鞋也沒穿，赤著腳就走了上去，走到門邊才聽清是門外的外送員想搭訕蔣承動，想加他的LINE，不給就不走，還說以後可以幫他私下接單，不收運費。

蔣承動沒碰過這種狀況，拒絕了幾次未果，支支吾吾地不知道該怎麼辦，就一直堵在門口僵持不下。

柯狄深深吸了口氣，隨後輕咳了兩聲，走到蔣承動身邊和他親暱地手臂貼著手臂，在蔣承動見到救星似地轉頭看他時故意道：「寶貝，拿個外送怎麼這麼久啊，你老公我都要餓死了。」

「啊……」一聲「寶貝」和後面一句「你老公」殺傷力實在太強，直接讓蔣承動腦袋斷線，一陣灼烈的熱度迅速湧上，脖子一下就幾乎全都紅了。

門外的外送員也同樣傻住了，沒想到自己搭訕的居然是有夫之夫，從他們的對話聽起來蔣承動好像還是下面的那一個。她尷尬死了，在柯狄挑眉看過去的瞬間結巴地扔下一句「不好意思」，轉頭就跑。

「手機給我。」回到屋裡，蔣承勳剛把送來的餐點放到桌上，柯狄就伸手跟他要手機。

他沒多想，就掏出來放到對方手上。只見柯狄找到剛剛下載的外送APP，一秒都不猶豫地解除安裝，連同剛才外送員的電話號碼一併封鎖刪除。

「你以後不可以再用這個了。」柯狄把手機還給蔣承勳，故作凶巴巴地說道，「想吃飯就自己買自己做，不可以再被科技支配。」

蔣承勳還沒從方才柯狄親暱的稱呼中回神，只愣愣地點點頭，他說什麼就是什麼，全然沒有反應過來一開始說要叫外送的根本就是柯狄自己。

直到飯都吃完也收拾乾淨了，蔣承勳才後知後覺地意識到柯狄剛才為什麼突然那樣。

早上剛睡醒時自己才信誓旦旦說不會辜負他，轉頭中午就被人堵在門口搭訕，還被柯狄親眼撞見，他會不高興也是理所應當的。

「我錯了，你別生氣。」蔣承勳靠到柯狄身旁，自覺地主動認錯，「雖然應該不太可能還有下次……但如果之後再遇到這種狀況，我就直接關門，不會多講一句話，真的。」

「我沒有生氣，只是你怎麼這麼低估自己的行情呢？」

柯狄嘆了口氣，他也不是真的不高興，只是對蔣承動不自知的魅力有點危機感。

之前在茶水間直說對蔣承動有好感的女同事是一個，今天的外送員又是一個，若不是蔣承動在這方面遲鈍了點，也不至於這三十多年來一場戀愛都沒談過。

「這樣好了，我們來演練一下，我當要搭訕你的陌生人，你來拒絕我，我們練習練習，以後你就知道怎麼拒絕了。」

柯狄忽然躍躍欲試，說完後咳了兩聲清清喉嚨，立刻換了個語氣接著道：「先生，可以跟你要個手機號碼嗎？」

「呃、不，不可以。」

話音中雖帶了遲疑，但蔣承動好歹還是拒絕了。

柯狄演得很是投入，一把捉住蔣承動的手臂搖晃，「真的不可以嗎？還是我長得不夠好看？」

「不你真……你長得很好看。」蔣承勳不自覺地說出心裡話，眼神也頻頻躲閃，「只是我……我……」

「我也覺得你長得很好看，很像我下一任男朋友，不然這樣，我們各退一步。」柯狄又往前湊了一點，手指隔著衣服布料，摩挲著蔣承勳因緊張而繃緊的手臂肌肉，「我能不能先以交往為前提，和你做個朋友？」

這句話有點耳熟，耳熟得讓蔣承勳一愣，憶起自己當時冒冒失失對著第二次見面的柯狄所說的那些唐突的話，沒想到他還記得。

蔣承勳吃力地嚥了口唾液，抬手覆上柯狄搭著自己手臂的手背，說：「我……好。」

「怎麼可以說好呢？」柯狄不滿意地皺起眉，「以後要是再有別人搭訕你，你就這樣說好嗎？」

「不是，這個演練沒辦法成立。」蔣承勳深深吸了口氣，順勢拉下柯狄的手包握進自己的雙手掌心捏了捏，「對著你我、我根本拒絕不了。」

「……哦，那算了。」柯狄聽得心裡癢癢，他同樣吞了口口水，抬眸望向蔣承勳盯著他一瞬也不轉的眼睛，「那不演了，來玩真的吧。」

而後他不等蔣承勳聽懂明白，便傾身向前又一次主動親了上去，貼著那雙昨天只淺嘗一次的嘴唇，久久沒有分開。

蔣承勳在柯狄家待到初二一早才走。

每年例行的回老家掃墓，他就沒帶著柯狄一起了，一來路途遙遠得要好幾個小時的車程才能到，二來兩個人才剛確認關係沒幾天，就這麼直接跟著一起去掃對方已故父母的墓，有點太快太慎重了，他們都還沒準備好。

熱戀期的情侶分別時總是離情依依，他們在玄關又抱又親了一陣，蔣承勳才依依不捨地鬆開手，提起地上的行李袋。

「那我先走了。」蔣承勳拉著柯狄的手，輕捏了幾下他的指尖，「明天回來再過來找你？」

「嗯，開車注意安全，到了打個電話。」

柯狄抬手稍稍整理蔣承勳脖子上圍著的鐵灰色圍巾，那是他平日出門最常圍的一條，還沾著一點自己的味道。

「好。」見柯狄微仰起頭，蔣承勳心領神會，傾身在那雙唇瓣上印了一吻才道，「外面冷別送了，我自己下去就行。」

蔣承勳一走，屋子又變得空蕩寂靜了起來。

房間床上疊放整齊的棉被、浴室裡成對並排的牙杯牙刷、掛在晾架上還沒乾的毛巾，久未迎來外人的房子裡殘留著些許另一個人的氣息，但人暫時離開了，只剩下對方短暫生活過的痕跡。

柯狄不是怕寂寞的人，曹振灃是他以前唯一同居過的人，而且也才不過一年多的時間，其他更多時候他都是一個人過日子的。

蔣承勳明明才住了兩個晚上，也沒做什麼過分親暱的事，不過才剛走，他竟感覺有點不太習慣。

柯狄百無聊賴地趴在沙發上，點開累積許多未讀訊息、關係比較親近的朋友群組，大概掃了一下那些沒什麼營養的內容，而後點了點螢幕，簡潔明瞭地傳了一句。

——有空約時間吃頓飯，我帶新對象給你們認識。

剛安靜一陣子的群組隨著他這一句話又瞬間熱絡起來，有人問柯狄是不是上次看過照片的那個呆板男，柯狄「嘖」了一聲，標註了對方回覆。

——講話禮貌一點，把呆板給我收回去。

那人這才想起當時柯狄好像還為了他們幾個朋友的直言不諱而不太高興，很是袒護著對方，當下立即就把那句話收回了，賠笑著道了幾聲歉。

群組裡的一部分人連蔣承動的照片都沒看過，很是好奇，但柯狄這次小氣地不和他們分享照片，只說想看人就別缺席聚會。

這場聚會因為年後開工各自繁忙，一路拖到一個多月後才辦成。

聚會地點在一間酒吧的包廂，酒吧老闆也是群組裡的一員，是柯狄大學時期一個關係不錯的朋友。

上次柯狄袒護蔣承動的時候老闆不在場，不知道什麼玩笑不能開，因而在柯狄牽著身穿格紋襯衫和牛仔褲、與這裡相當格格不入的蔣承勳進來時，忍不住嗤笑一聲，傾身湊近柯狄，用著不大不小、剛剛好三個人都能聽清的音量對他說：「嘖嘖，我以為你喜歡的是小鮮肉，沒想到原來是老牛啊。」

「幾個月沒見，嘴巴怎麼還是這麼臭？」柯狄笑著推開對方的頭，收攏和蔣承勳十指相扣的手指，把人牽得更緊，「我現在就喜歡這種，你們要是敢找他麻煩或對他不禮貌，我就不客氣了。」

柯狄嘴上說得輕鬆，眼裡卻含上了一點不快，老闆知道再說下去他可能就要翻臉走人了，於是半舉起雙手故作投降狀，「進去吧進去吧，大家都在等你們。」

柯狄輕「哼」了一聲，拉著蔣承勳往裡頭走。

「他們就這樣，嘴巴賤，等一下聽到什麼難聽的話你都別當真，當他們在放屁就好。」

進到包廂前，柯狄側頭輕輕撞了撞蔣承勳的肩膀，就怕他因為剛才酒吧老闆的話影響到心情。

蔣承勳只是抬手摸摸鼻子，有點不太好意思地靦腆一笑，「和你比我的確是個老牛啊，都是你朋友我不在意。」

柯狄聽著心裡又酸又軟，趁著進門前，偏頭在蔣承勳臉上使勁親了一下。

直到進了包廂，蔣承勳的臉都還是紅的。

他被柯狄領著入座，屁股剛一碰到沙發皮墊，柯狄就一把摟過他的肩膀，直接對在場所有人說：「這是我男朋友，承勳哥。帶他來見你們就代表我是認真的，所以等一下什麼該說什麼不該說，你們自己心裡有數就好，我就不明說了。」

語罷他隨即拿過桌上空杯斟了滿滿一杯酒，豪氣地一飲而盡。

柯狄都撂狠話了，其他朋友即便覺得蔣承勳這個大他們好幾歲、又不太會打扮的老古板配不上他們家柯狄，但既然柯狄喜歡，那他們當然也不會再多說什麼了。

整場聚會很熱鬧，和眾人不認識的蔣承勳除了吃東西和喝茶以外，基本上沒怎麼說話。但他脾氣很好，雖然聽不太懂他們在說什麼，但只要是柯狄說話的時候，他都一字一句聽得很認真。

這時一個穿著緊身洋裝、做了兩手浮誇美甲的女人，主動坐到蔣承勳身旁，朝他伸出手自我介紹道：「你好，蘇巧茹。」

蔣承勳沒握住她伸來的手，只拿起桌上的茶杯，抿著淺淺的笑揚手和她示意了一下，「蔣承勳，妳好。」

蘇巧茹見蔣承勳如此主動避嫌的模樣，挑了挑眉，饒有興致地勾唇一笑，收回了手，「Kody 把你教得滿好的嘛，好好保持。」

蘇巧茹是第一個主動向蔣承勳搭話的人，起初蔣承勳心裡還有點擔心上次外送員的事件重演，回話一直很僵硬小心，說什麼都要先想一下。

後來柯狄見狀主動介紹，說蘇巧茹是和他感情最好的姐妹，不用特別避諱，蔣承勳這才慢慢放鬆下來，和對方聊了幾句。

「Kody 那個前男友是個垃圾，你應該知道吧？」

蘇巧茹端著酒杯喝了口酒，輕出了口氣。

蔣承勳想起年前遇到過，那個在大街上公然糾纏柯狄的年輕男人，點了點頭，「知道。」

「呵，我以前眼瞎，曾經還覺得他人不錯。」蘇巧茹冷冷一笑，瞇著眼上下打量了一下面前的男人，「至於你……」

「妳放心，雖然現在說什麼都還太早，但我可以保證，那個人做的事我絕不會讓它發生。」

蔣承勳反手握住柯狄在桌下悄悄伸來的手，滿臉認真，「Kody是我第一個喜歡上的人，我會好好珍惜他。」

蘇巧茹自己有男朋友，兩人也恩愛如斯，但還是被蔣承勳這一番真誠深情告白肉麻了一陣，一連「嘖嘖嘖」了好幾聲，看似嫌棄卻暗暗放下了心。

而蔣承勳身旁的柯狄一直在和其他人說話，好像完全沒有聽到他的這番深情表白，但和蔣承勳相握的手卻扣得很牢很緊，高高揚起的唇角也同樣露了餡。

後來一群人開始玩起遊戲，骰骰子玩吹牛，蔣承勳看不懂那怎麼玩，只知道柯狄好像一直輸，輸一次就得喝一杯酒。

柯狄每喝一杯，蔣承勳眉心就深鎖一分，直到柯狄三杯烈酒下肚，臉都發紅了，蔣承勳有些坐不住地往他身邊靠近了一點。

「六個六。」

「抓！」

「Kody又輸了！喝喝喝！」

柯狄笑著伸手要拿別人替他倒滿的酒，就在此時蔣承勳一把握住他的手腕，用空著的另一隻手拿過酒杯，當著所有人的面替柯狄喝下。

一時之間包廂裡一片靜默無聲，所有人包含柯狄，都看著蔣承勳閉著眼皺眉喝下柯狄的酒。

喝乾後蔣承勳將酒杯叩回桌上，像是沒發現其他人都在看他一樣，隔著厚重的眼鏡鏡片看著柯狄，認認真真地說：「你玩得開心就好，之後輸了我替你喝，我酒量還不錯。」

柯狄愣了半晌才回過神，他有些得意地用一種「看吧，我眼光果然很好」的神情掃了四周傻眼的一群人一圈，而後目光回到似乎不知道自己做了很帥氣的事的蔣承勳身上，忽然一把扯住他的衣領，偏頭對著他的嘴唇當眾吻了上去。

四周頓時響起一片歡騰的鼓譟聲，有人拍手、有人起鬨地嚎叫。

可是蔣承勳除了自己越發急速的心跳，和柯狄噴灑在自己臉上、帶著酒氣的鼻息以外，其他什麼也感受不到。

這場聚會一直吵鬧到將近午夜十二點才到了尾聲，眾人聚在酒吧門口相互道別，約著下次再聚。

蔣承勳替柯狄擋了好幾杯酒，他的酒量也是真的很好，只有臉頰微微發紅，神色依舊清明沒有半點醉態。

他跟柯狄陪蘇巧茹在外頭等，蘇巧茹的男朋友開車來順道送他們兩個喝了酒的人回去。

等待的空檔蘇巧茹抓著柯狄去一旁抽菸，一邊抽一邊和他提了一下，「今年過年回去我有去看你爸媽了，叔叔阿姨身體都還好。」

「是嗎，那就好。」柯狄淡淡道。

蘇巧茹知道柯狄家裡的事，他們是高中同學、感情又好，去過彼此家也見過彼此的父母，這幾年柯狄回不了家，每年過年都是蘇巧茹回去時幫忙打探關照。

「他們態度感覺是有鬆動了一點，我替你送去的保健食品和禮盒都收下來了，還主動問我你最近工作怎麼樣。」

蘇巧茹呼出一口白煙，接著道：「本來想替你賣慘裝可憐，看他們會不會因為心疼就讓你回家，不過想想算了，不想讓他們操無謂的心，所以還是說你過得不錯。」

「不用替我裝可憐，他們不吃這套。」柯狄笑了一下，在菸灰桶上輕輕抖落菸灰。

「現在這樣就好了，未來怎麼樣、他們能不能接受，我也不會強求。不過還是謝謝妳了，每年都請妳跑一趟。」

「哎，十幾年的交情了謝什麼謝。你也別灰心，哪天說不定他們自己想開了，你的對象又夠好夠穩重，搞不好就接受了也不一定。」

柯狄下意識偏頭看了站離他們有些距離的蔣承動，沒意外地和他四目相望，勾了勾唇角輕聲道：「但願如此吧。」

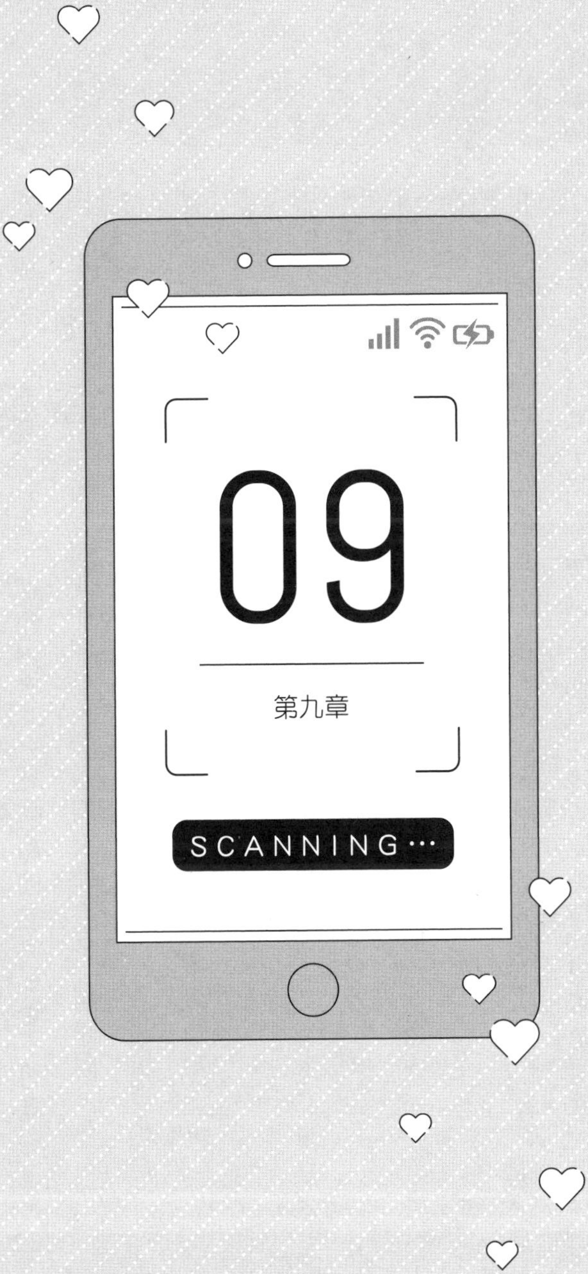
09
第九章
SCANNING…

蘇巧茹和她男友都沒有多問，理所當然地直接把兩人送回柯狄家。

都是成年人、都喝了點酒，要說沒有些心猿意馬的念頭那是不可能的，柯狄光回想起蔣承勳方才在所有朋友面前替他擋酒的畫面，就心癢難耐。

這一個多月來，兩個人擁抱接吻過、同床共枕過，可是最多也就僅止於此，再更深入一點的互動柯狄沒有主動邀請，蔣承勳自己當然更不會踰矩。

欲望這種東西，只要是個人應當都有，柯狄亦是。

他怕蔣承勳第一次談戀愛沒經驗，太主動會嚇到他，裝了一個多月無欲無求的模樣，但柯狄畢竟也不是吃素的，誰能對喜歡的人一點遐想都沒有。

兩個人的相處總要有一方先主動跨出一步，才能順利地往前邁進。於是藉著酒意，才一進到家門，柯狄就把蔣承勳堵在玄關，從正面抱了上去。

相擁時候的生理反應是最直接、最無所遁形的，蔣承勳牛仔褲包裹的部位隆起了帶著熱度的弧形，又羞恥又尷尬地想往後避開，柯狄卻不讓他躲，故意整個下身往那處壓過去，仰頭去親他的嘴。

「Kody……唔嗯……」

蔣承勳摟著柯狄的腰，含糊的話音被堵在相接的唇間。

柯狄的吻來勢洶洶，一下輕咬住蔣承勳的下唇拉扯摩挲，一下舔開他的唇縫，鑽入他溼熱的口腔裡勾著他的舌頭纏綿親吻，把經驗稍嫌不足的蔣承勳親得方寸大亂。

相比之前數次淺嘗輒止的輕輕碰觸，柯狄這回卯足了全力，非把蔣承勳弄得又熱又燥也不罷休。

貼在一起的襠部反應越來越明顯，不只蔣承勳，連柯狄自己都有些按捺不住，急切地想將面前這個人占為己有，無論第一次、第二次，還是往後的每一次，通通都是他的。

「嗯……等、等等……」

蔣承勳作為一個初學者，被柯狄這麼親著險些換不過氣，骨節分明的手指扣在對方後頸輕輕揉捏，捕捉到稍微停頓的間隙便主動喊停。

柯狄眨著眼，含著生理性淚水的雙眸眸底帶著一點委屈，問他：「你不喜歡這樣嗎？」

「不是、不是。」蔣承動連忙搖頭解釋，「喜、喜歡，你怎麼樣我都喜歡，我就是……就是……」

見蔣承動侷促的模樣，柯狄喉間發出一聲顆粒感十足的疑問音節，又問：「就是什麼？」

柯狄一邊問還一邊不老實地貼著他磨蹭，蔣承動漲紅著一張臉支支吾吾道：「就是……有點憋……」

哪裡有點憋，這就不用柯狄繼續問下去了，他順著蔣承動的話將手探下去，指尖在釦子上一勾，輕易就解了開來。

柯狄重新貼上蔣承動的嘴唇，這次沒有深入，只是用帶著點蠱惑的沙啞聲開口：「既然憋就脫了，好不好？」

蔣承動當然不會說不好，他緊張得腦子都糊成一片，柯狄說什麼就是什麼。

牛仔褲的拉鍊被拉了下來，褲腰鬆垮地掛在腰胯上，隔著薄薄的四角褲，柯狄先是用掌心包住蔣承動腿間灼熱腫脹的那處輕輕揉捏，隨即轉動手腕，從內褲的鬆緊帶邊緣探了進去，毫無阻隔地圈住那團熱源。

「好大……」從底端套弄至頂端，柯狄用手指稍微測量了一下，明明還未親眼見證，仍為這般傲人的尺寸忍不住小聲驚嘆。

這一聲直接在蔣承勳心裡點燃了一簇火團，熱烈洶湧，平常連自己都很少碰觸的部位，被人這樣握在手裡搓揉，硬得都快要爆炸了。

「Kody……」

「噓，承勳哥你不想嗎？」

蔣承勳怎麼可能不想，他不只想過，甚至還做過難以啟齒的夢，夢裡的自己把柯狄壓在身下，一遍一遍地親吻、一次一次地占有，他只是從未將這些帶著顏色的齷齪心緒表露出來過，不代表一點想法都沒有。

而且他還記得之前柯狄曾在外人面前自稱是他老公，不確定在這種關係上柯狄是不是比較喜歡做上面的那一方。蔣承勳為此偷偷看過幾部片，也做過心理建設，無論在上在下他都不介意，只是沒有經驗，怕真做起來笨手笨腳，掃了對方的興。

「想。」蔣承勳深吸了口氣，老老實實地應道，「很想，只是我沒有做過，我怕……」

「別怕，」柯狄灼熱的氣息噴灑在蔣承勳臉上，呼出一口氣低低呢喃，「我教你。」

柯狄說罷便毫無徵兆地往下蹲，半跪到蔣承勳腿間，拉下他的四角褲。

早已勃起的碩大性器一下便彈了出來，沒開燈的玄關視野昏暗，仍能隱約看出那硬物的輪廓，柯狄眨了眨眼，不給蔣承勳反應的時間，張嘴就含住那圓潤的頂端。

「嘶——等一下、等等……」

強烈的刺激一瞬間直接傳入腦門，蔣承勳手搭在柯狄腦袋上，推也不是壓也不是，進退兩難不敢亂動，「Kody，你不用這樣……」

最脆弱的部位被人含著，從頂端到莖柱來回反覆吸吮舔拭，蔣承勳活了三十多年第一次受到這樣的刺激，他的手指卡進柯狄髮絲間，鼻息越發粗沉急促，身下那部位也膨脹到極致，柱身上的筋絡凸起，被那靈巧的舌頭一一舔舐而過。

生理上的快感加上心靈上的刺激，讓蔣承勳沒幾分鐘就悶哼著射了出來，一半射進了柯狄嘴裡，一半射到了他的臉上。

「我、我我去拿衛生紙給你擦，你先別動。」

還沒緩過高潮的後勁，蔣承勳一低頭，昏暗中看見柯狄臉上沾著自己射出來的濁物，登時就亂了手腳，急忙著要去客廳拿衛生紙，還踩到褪一半的褲管，踉蹌了一下險些摔跤。

柯狄依然半跪在原地，喉結滾了滾，將嘴裡那點味道並不怎麼樣的精液嚥了下去。他以前並不常做這種事，但為蔣承勳服務心裡還挺樂意的。

蔣承勳抱著一包衛生紙匆匆蹲到柯狄面前，抽了幾張仔細地擦拭著他的臉，又問他：「剛剛是不是弄到嘴裡了？來，吐出來。」

柯狄瞇著眼抬起頭，向他張開嘴，「都吞下去了。」

蔣承勳怔愣了一秒，無奈地用指腹抹過他微溼的嘴唇，「你啊……」

蔣承勳是射過一次了，但柯狄還沒，甚至連身上的衣服都還完完整整，只被磨蹭得皺了一點。

他把蔣承動拉回房間，讓他躺到床上，自己則寬衣解帶，又從床頭櫃裡摸出幾樣東西後，也跟著翻身上床，直接騎到蔣承動身上。

柯狄赤裸裸地跨坐在蔣承動腿上，俯身親了他一下，故意逗他，「我其實比較喜歡在上面，你介意嗎？」

蔣承動在他嘴裡嘗到了一點自己的味道，用力地嚥了口唾液，頓了幾秒後低聲道：「你來。」

柯狄低低一笑，重新堵住蔣承動的嘴唇，拆開前不久新買的潤滑液，擠了點到手上，反手向後摸進自己的股間。

太久沒有性生活了，柯狄自己擴張得有些吃力，他把蔣承動壓在身下吻了許久，閉合的穴口才終於容納進了三根手指。

蔣承動被柯狄親得迷迷糊糊，半晌才從一片黏膩的水聲中睜開眼，對上柯狄輕皺著眉似是難耐的表情，順著他光裸的後腰往下摸，摸到他自給自足的搗弄，有些意外，「你不是說……你要在、上面嗎？」

「我現在不就在你上面嗎？」柯狄挑眉一笑，抽出溼淋淋的手指，在蔣承動腰間劃了幾下，「逗你的你也聽不出來啊，你忘記上次那個誰說了嗎？我在床上有多、唔——」

柯狄未盡的話被蔣承動用掌心堵住，蔣承動一想起之前柯狄的前男友在路邊說過的那些不堪入耳的話，就忍不住皺眉，「別提他，別在這種時候提別人。」

柯狄討好地舔了舔蔣承動的掌心，在他鬆手時自知理虧地認了錯，「我錯了，以後都不提了。」

蔣承動的臉色這才好看了一點，一手捏著柯狄的後頸，壓低了嗓音要讓他繼續，「接下來怎麼做？教我。」

突如其來壓低的嗓音震動得柯狄耳根發麻，他咬了咬唇，拿來一旁的保險套拆開外包裝撕開一個，握著蔣承動二度勃起的性器慢慢套了上去。

蔣承動第一次雖然射得有些快，但相對重新硬起來的速度也快，早在柯狄方才壓著他不斷親吻的時候，就又雄赳赳地重新立了起來，硬度不比第一次來得差。

他枕在柔軟的枕頭上，屏著氣直勾勾地看著身上的人扶著他的根部，抵上窄小的穴口，蹙攏著眉心緩緩往下坐。

先是龜頭、再到柱身，一點一點被那緊致的穴肉吞食、絞緊。

縱然酒精讓痛覺變得沒那麼敏感，但當柯狄徹底坐下去了，還是覺得身體裡脹得要命，整個人被完全撐開填滿，沒留下一絲縫隙。

蔣承動那東西是真的很大，塞得他差點喘不過氣，每一次起伏顛簸、抽出插入，都是新一波的刺激。

柯狄自己抬腰挺動了數十來下，最後實在腰痠，停下來緩了緩，手搭在蔣承動繃緊的下腹，氣喘吁吁地問他：「哈啊、你……舒服嗎？」

蔣承動拉過柯狄的一隻手，按在自己的左胸口，讓他隔著一層衣服和皮肉，感受著胸腔底下快而有力的震顫，答非所問道：「快跳出來了。」

柯狄悶聲笑著往下趴，整個身子趴到蔣承動身上，咬著他發紅的耳朵半軟著聲音指示，「你也動一下。」

肉柱隨著柯狄向前趴伏的動作滑出來了一點，蔣承動托著他的腿根，試著往上頂了頂，又重新塞了回去，耳邊傳來的低喘呻吟也給了他一點信心。

柯狄在性事上相當放得開，毫不扭捏地指引蔣承動碰觸他體內最敏感的那點，弄得他舒服了，也不吝於在蔣承動耳邊說上幾句令人耳熱的誇讚。

蔣承動一面出力，一面被柯狄撩撥得快把持不住，下身的動作遵循著本能越頂越快、越撞越重。

漸漸地柯狄話也說不太清了，軟著腰貼在蔣承動身上只顧著喘氣，每當凸起的肉冠戳到他體內最柔軟的那塊軟肉，還會難以抑制地溢出幾聲拔高的呻吟。

陣陣酥麻感堆積在下腹，幾乎要到了臨界點，柯狄吃力地探手下去，握住自己貼著蔣承動腰腹蹭動的陰莖，隨著蔣承動在他體內馳騁的頻率來回摩擦。

快感比酒精更容易令人沉淪，蔣承動扣著柯狄的腰提快了速度，仰頭捕捉到他半張著喘氣的嘴唇，情難自禁地輕咬住他的下唇，含糊著道：「Kody……我快……哼嗯……」

「我也快射了、嗯……再用力點……」

高潮的瞬間無論上頭還是下面，他們都緊緊貼合在一起，蔣承勳一口氣插進了最裡面，隔著薄薄的保險套射出了今天第二次、還是相當濃稠的精液。

柯狄則射在了蔣承勳身上，大多落在他的肚子上，少部分沾到了他還沒脫掉的上衣衣襬。

柯狄也不嫌髒，虛脫地壓在蔣承勳身上，在他耳邊咋了一下舌，沙啞著嗓子誇他：「承勳哥好腰。」

蔣承勳慢慢將自己抽了出來，輕巧地抱著柯狄翻過身，把人放到一旁的空位，吻了吻他沁著薄汗的額角，「會不會難受？」

「不難受，很爽。」柯狄重重出了口氣，回答得坦坦蕩蕩。

蔣承勳摸摸他的臉，又抱著溫存了一陣子，見他累得快睜不開眼，索性下床去浴室洗了條溫熱的溼毛巾出來，仔細替他擦拭滿身的狼藉。

這個售後服務做得算是相當到位，蔣承勳也不嫌麻煩，先來回跑了幾趟浴室幫柯狄清乾淨，自己才去簡單地沖了個澡稍作清理。

做過和沒做對於兩人的關係多少還是存著些許差異，也許不是太明顯，但起碼蔣承動回到床上抱著柯狄入睡的時候，沒有再刻意保持著下半身的距離，緊緊把人擁進懷裡，心裡感到無比滿足踏實。

八年的歲月差距說長不長，還是在兩人之間劃下一道不深不淺的代溝。

柯狄知道蔣承動對現代快速發展的科技不是很了解，這樣的不了解也在他們日常相處中鬧過幾次笑話。

這晚兩人去了一間比較遠的餐廳吃飯，後來又在附近賣場逛了一下、看了場電影，散場後沒注意到時間，去街邊小攤吃了點消夜，等要回程的時候才發現已經過了捷運末班車的時間了。

好巧不巧蔣承動這天把車子送去了保養廠、柯狄也沒有騎車，兩人今天久違體驗了一次使用大眾運輸工具的約會，結果錯過了末班車，只能叫計程車回去了。

反正既然錯過都錯過了，現在也沒那麼急，他們就在幾乎無人的夜色下牽著手慢慢地散了會步。

剛拐過一個彎，柯狄突然瞥見路邊的停車格裡停著一輛藍色的電動車，忽然靈光一閃，想到他們還能騎共享機車回去。

柯狄以前用過幾次，APP 還沒刪，便拉著蔣承勳停在路邊回想了一下使用方式，預約好車後指了指不遠處閃著燈的車子，對蔣承勳說：「走吧，我們騎那個回去。」

「啊？」蔣承勳沒看懂柯狄剛才在手機上的一連串動作，以為他是在叫計程車，沒想到最後卻被拉著往旁邊的停車格走。

蔣承勳眼睜睜地看著柯狄對著一輛機車操作了幾下，而後打開了車廂，從裡頭取出兩頂安全帽，頓時有些反應不太過來，結巴地說：「這、騎這個，不太好吧？」

雖然不是光天化日，旁邊也沒有別的人，但斜前方路口就有一支監視器直直對著這裡，他們的一舉一動都暴露在鏡頭底下。

「嗯？什麼不好。」偏偏柯狄絲毫沒察覺到蔣承勳的困惑，從車廂內掏出兩個髮套，拆了一個要蔣承勳湊過來，「頭低一點，這安全帽別人戴過，我幫你戴個髮套。」

蔣承勳卻踟躕著沒有動作，面有難色地看著柯狄，眉心糾結地擰在一塊，在柯狄第二次催促他的時候按著他的手，搖搖頭說：「這樣不好，我們還是搭計程車吧。」

「你在說什麼？什麼不好？」柯狄一臉莫名其妙，撐開髮套就要往蔣承勳腦袋上套，「有車騎就不用搭計程車了，計程車還有夜間加成。」

蔣承勳還在掙扎，抓著柯狄的手腕不讓他動，「這是……這畢竟是別人的車，不好吧。」

柯狄停下來和蔣承勳對看了幾秒，從他複雜的眼神中終於看出一點端倪，失笑道：「寶貝，你聽過共享機車嗎？」

「啊？」

「共享單車總聽過吧？」趁著他傻傻呆愣之際，柯狄一個伸手終於把髮套戴到蔣承勳腦袋上，一邊說，「YouBike，刷悠遊卡就可以騎的那種。」

蔣承勳想了想，點了一下頭，「好像有聽過，但沒用過。」

「總之就是付了錢誰都可以租用，這臺機車也是。」柯狄又拿過那頂西瓜皮安全帽戴到蔣承動頭上，替他扣好拉緊，「你以為我偷別人的車啊？」

蔣承動這才反應過來自己又鬧笑話了，一瞬間臉熱得話都說不清楚：「我沒、我不是……我、我就是……誤會了……」

柯狄沒跟他計較，自己也戴好髮套和安全帽後，一邊跟他講解租用 **APP** 的運作模式一邊跨上車，蔣承動還在為剛才的誤會羞臊，上了後座手也只敢虛虛搭著柯狄的腰。

柯狄微偏著頭說：「抱好，我很久沒騎車載人了。」

蔣承動訕訕地從後頭摟緊柯狄的腰，下巴墊上他的肩頭，難以為情地道了聲歉：「對不起。」

清涼的晚風從臉邊呼嘯而過，柯狄騎得不算快，他輕輕勾著唇角，臉上沒有半點被冒犯的樣子，回想了一下他們幾分鐘前的雞同鴨講，只覺得身後這人實在可愛。

「如果我真的偷車，你會怎麼辦？」柯狄好奇地問道。

這可把蔣承動難倒了，他思忖了一整路，直到都快到柯狄家了，停在最後一個路口的紅燈前，他才小聲說了自己的答案：「我想我……會替你頂罪吧。」

蔣承動說得很認真，也不曉得這個答案合不合格，只知道柯狄聽到之後沉默了幾秒，而後輕笑著罵他：「笨蛋。」

柯狄沒送蔣承動回家，直接把人載回自己的住處。

算算兩人至今也穩定交往了幾個月，雖未明說但也培養了一點默契，雖說還沒到真正的同居，但每個週五會去對方家住兩晚，這週是柯狄家、下週可能就是蔣承動家，沒有特別固定，但都在彼此最私密的空間留下不少活動過的痕跡。

「很晚了，先去洗澡吧。」

兩個人在玄關換了拖鞋，柯狄推著蔣承動往裡面走。

蔣承動一心還在為剛剛的誤會而羞愧，任由柯狄一路把他推進浴室，直到沒過多久對方拿了兩條乾淨的毛巾也擠了進來，才回過神問：「一起洗嗎？」

柯狄好笑地回他：「你都要替我頂罪了，還不讓我跟你一起洗澡？」

蔣承動被調侃得臉上發熱，尷尬地站在原地傻笑。

柯狄很快剝光了自己，又伸手去脫蔣承動的T恤，輕嘆了口氣和他說：「誤會就誤會，你別那麼介意，以後你不懂的我都會教你。」

柯狄面對蔣承動向來富有耐心，從一開始認識的時候就是如此，可能偶爾有一點小脾氣、有一點占有欲，但對蔣承動來說，無論什麼樣的柯狄，都能讓他心動。

此時柯狄已經解到他的褲子了，見他還心不在焉，便邊脫邊往他肩膀上咬了一口，又伸出舌尖舔了舔凹陷的齒痕，細細麻麻的感覺讓蔣承動不得不回神，低頭對上那雙半瞇起的眼。

「別想那些了，想我。」

柯狄故意握緊他身下稍微起了些反應的部位，不准他再分一點神。

蔣承動的呼吸頓時沉了些許，他吞了口唾液，喉間發出很低的一聲「嗯」，扣住柯狄的後頸親了上去，貼著他的唇說：「好，只想你。」

蔣承勳這人有個優點，學什麼都特別快。除了第一次稍顯生澀以外，後來每一次都能掌握得很好，用柯狄最喜歡的姿勢、最喜歡的力道，給他最至高無上的快感。

柯狄背對著蔣承勳趴在牆上，雙腿分開，冷涼的磁磚和頂上澆淋而下的熱水形成鮮明的對比。

蔣承勳自後頭握住柯狄的腰胯，咬著他的後頸撞出一片連綿響亮的聲響，狹窄的浴室裡混雜著水聲、肉體碰撞聲，和兩人交錯不一的粗喘呻吟。

抱著些許補償的心理，蔣承勳今晚相當賣力，柯狄哪裡舒服就往哪裡使勁，每一下都重重地擦著他體內的敏感點，尖銳的快意急速堆積，柯狄被幹得沒多久就軟了腰，手指摳抓著磁磚縫隙，難耐地悶哼討饒：「輕、輕點……不要那麼快、啊……」

「你喜歡快的。」

蔣承勳貼著他溼漉漉的頸項啞著聲音開口，一手摸到他腿間硬得發燙的陰莖，掌心包住脹得通紅的圓潤頂端往下套弄，又用帶著薄繭的指腹沿著張開吐水的鈴口往外畫圓，裡外同時的刺激把柯狄弄得腿根都明顯發著抖，趴靠著牆很慢地往下滑動了幾分。

「……你真的是、學壞了，唔……那裡……」

柯狄吃力地回過頭，潮溼的眼尾含著藏不住的春情。

蔣承動側著頭吻上柯狄的嘴，舌尖輕鬆頂開他的牙關，找到那條不怎麼老實的舌頭與之纏綿。

未能完全嚥下的唾液順著沒貼合的唇縫流下了一些，交融的氣息分不清誰是誰的，一個索求一個占有，極盡可能地在彼此身上汲取更多的快感。

交合的部位被水流沖刷又被反覆進出弄得一片狼藉，柯狄白皙的臀部被撞得通紅，原本窄緊的穴口被完全撐開，溼熱的內裡柔軟地包裹住體內的粗長性器吸絞、縮夾，蔣承動就算定性再足，也忍耐不住這般心理與生理的快感同時併行。

上百來下的快速抽插很快讓柯狄到了極限，他吸著蔣承動的舌尖，反手向後摸上他的後腰，指尖在他不斷頂弄的腰間胡亂抓撓。

蔣承勳知道他這是快要到了，深吸了口氣，一面握著他水淌得越來越歡快的陰莖套弄，一面加重了撞擊的力度，感受夾裹著他的腸壁陣陣痙攣，沒多久掌心微微一涼，柯狄繃直著身子緊緊閉著眼，達到了快感頂端。

蔣承勳停著等柯狄射完精，埋在他體內輕輕頂弄了幾下，而後拔出來摘下了保險套，握住自己硬脹的性器，對著那兩片被自己撞紅的臀瓣打了出來，一股股濃白濁液噴灑在柯狄股間，和點點滴滴的清澈水珠交雜在一起，看上去情色又淫靡。

結實有力的手臂攬住柯狄痠軟的腰，蔣承勳拿下掛在牆上不斷灑水的蓮蓬頭，聽著他還未歇停的喘息，將人裡裡外外仔仔細細洗了乾淨。

「我收拾一下，你先去外面吧。」蔣承勳在柯狄溼漉漉的臉頰上吻了一下，又撥了撥他沾黏在臉邊的髮絲，「先吹頭髮，別又放著，小心明天頭痛。」

住在一起的時間多了，蔣承勳也逐漸發現柯狄一些不太好的生活習慣，比如放假就不按時吃飯、洗了頭後懶得吹頭髮，諸如此類的一些小事。

他能提醒則提醒，提醒不了的就在一旁盯著他或幫他做。

他彎身撿起地上的保險套扔進垃圾桶，轉頭瞧見柯狄套好睡衣、脖子上掛著毛巾，還賴在門邊不想出去的樣子，他頓時就笑了，伸手揉揉他溼答答的腦袋，「知道啦，你先出去，我等等幫你吹頭髮。」

柯狄勾住蔣承動的脖子往他嘴上咬了一下，心滿意足地開門出去。

10
第十章

柯狄最近覺得日子過得很快也很充實，每天都被工作和戀愛填得很滿，和蔣承動在一起比之前談過的每一段戀愛都來得有趣且踏實。

他曾經確實對年紀大的對象不感興趣，覺得有代溝，也沒有共同話題。真正和蔣承動相處過才知道，這個年紀的男人穩重成熟、溫柔體貼，會注意到很多自己從沒留意過的小細節，記得他提過的每一個喜好，和蔣承動在一起舒心自然，沒有什麼複雜的情緒需要他去揣測。

以前自己總是付出比較多的那方，長久下來也習慣了，如今被蔣承動這麼捧在掌心寵愛著，倒也挺樂在其中。

而且柯狄可說是春風得意，除了感情穩定，工作也算順利。手上的案子越接越多，今年才剛過一半，業績就已經是同部門其他業務的數倍之多，因此主管也越來越看重他。

而過去曾因為他的幾句話就鬧著想離職的助理小君，後來被說服留了下來，兩個人磨合了一段時間後，倒也找到了配合的默契。

小君的學習速度其實算快，也懂得舉一反三，漸漸上手之後，就不太需要柯狄時時盯著，一些交代的事情也都能順利處理，替他分擔了不少工作。

「小君，**PPT** 我看過了，大致上沒有問題，幫妳修了幾個地方，晚點再看一下。」

明天下午要開一場季度會議，總公司的高層也會一同與會，每個部門都得輪流上去報告。

這是個很好的表現機會，如果報告得好對未來晉升很有幫助，柯狄評估了小君這一陣子的表現，覺得可以讓她試試，便在幾週前會議時把這個打算告訴當事人。

小君沒有什麼在眾人面前報告的經驗，有點忐忑但也想嘗試看看，便答應了下來，這幾週有空的時間都在和柯狄討論報告內容，柯狄也很有耐心，一步一步教她怎麼做。

「謝謝 **Kody** 哥，我會努力不讓你丟臉！」

小君接過柯狄還給她的隨身碟，高高興興地道著謝。

「第一次不用太緊張，只要好好表現，年底去總公司開檢討會的時候我還能多在高層面前誇誇妳，讓妳早日能從助理轉業務。」

「可是做業務壓力好大，我還是安分做你的徒弟就好。」

「我沒妳這麼沒志氣的徒弟。」柯狄笑著罵了一聲，抬了抬下巴，「快轉回去看妳的報告，有不懂的地方趕快問，明天就來不及了。」

磨平最利的稜角後，柯狄發現這個初出社會的女孩子其實不難相處，雖然多少有些缺點，更多的還是她們那個年紀獨有的青春可愛。

柯狄看著她轉回去的背影，輕輕笑了聲，在心裡暗暗補上一句：不過還是他們家承勳哥最可愛。

明天總公司的人要北上來開會，下午辦公室人人都進入了戒備狀態，紛紛整理起周邊的環境。

柯狄才剛把桌上的文件整理好歸檔，內線電話就響了起來，總機小姐說外頭有人找他，請他出去看一下。

這個時間通常會找他的只有蔣承勳，可能又訂了什麼下午茶想叫他出去拿，不過通常蔣承勳要拿東西給他前，都會先傳訊息問他在不在，像今天這樣一則訊息都沒傳直接就跑過來的情況不太常見。

柯狄帶著點狐疑推開玻璃門，外頭哪有蔣承勳的身影，取而代之的是他這輩子再也不想碰見的人。

「誰告訴你我在這裡上班的？」柯狄簡直不得不佩服曹振澧的陰魂不散，先前在他家、在路上都算了，現在直接在上班時間找到他公司來，也不知道存著什麼心態，「你現在就滾，我還可以當作沒見過你。」

「Kody，我是真的沒辦法了。我也不想，可是我……我……」曹振澧言詞閃爍，支支吾吾地說，「我想、我想跟你借點錢，我媽病了，我現在沒有工作拿不出醫藥費，我……」

「你媽病了干我屁事？我認識她嗎？」柯狄冷冷嗤笑，「我都還沒跟你討之前的房租，你還有臉來跟我借錢？」

柯狄倒不是真的這麼冷漠，有朋友家裡出事找他借錢的話，他不可能一點忙都不幫。

但曹振澧不一樣，光前男友這個身分，柯狄就不可能和他有金錢上的往來，連多說兩句話都嫌煩。用媽媽當藉口借錢更是可笑，交往三年間別說以朋友的名義見個面，曹媽媽可能連兒子認識自己都不知道。

老是被這樣無預警地糾纏也不是辦法，何況他也注意到曹振澧看起來比幾個月前又更瘦了，大熱天穿著一身長袖長褲包得很緊，怎麼看怎麼詭異。

柯狄抬眼看了眼直直對著他們的監視器，心想也是時候該做個了斷了。

「老大老大！」這頭的蔣承勳剛去影印機拿了東西回來，就看見周瑀歡急急忙忙跑了過來，語氣急切，「老大！」

蔣承勳看她慌慌張張的樣子，不解地皺眉問道：「怎麼了？什麼事這麼著急？」

周瑀歡手上還捧著馬克杯，急忙湊到蔣承勳身旁，念及附近其他同事還在工作，盡可能壓低聲音，「我剛剛去裝水，看到對面公司門口有兩個男的在拉拉扯扯，本來沒當一回事，從茶水間出來時發現動靜越來越大，好像其中一方動手了，旁邊有人在勸阻，我一看，其中一個好像是你家那位——欸！老大！」

沒等周瑪歡把話說完，蔣承勳把手上幾張紙用力拍到桌上，也不顧還在工作時間，焦灼地疾步往外走。

兩家公司之間也就一條走廊的距離，蔣承勳隔著玻璃門就能看見對面的騷動，他一顆心懸了起來，尤其當走上前時看見柯狄被人圍著、正抓著一團面紙低著頭止住鼻血，地上還有點點未乾的血跡，腦子頓時就炸開了。

「Kody！」蔣承勳顧不上體面，擠開旁邊的人靠了過去，「怎麼回事？怎麼突然流鼻——」

當看見一旁被人按在地上制伏的另一個男人，蔣承勳說到一半的話戛然而止，那個人是好幾個月前曾匆匆見過一面、他希望柯狄這輩子再也不要有所接觸的前男友。

「他打你了？」蔣承勳小心地挑起柯狄的下巴，除了還在流的鼻血以外，一邊嘴角也擦破了皮，腫了起來。

蔣承勳沉沉地吸了口氣，冷聲說：「報警。」

「報了報了，警察已經在路上了。」

旁邊應該是柯狄同事的人連忙接話。

柯狄和蔣承動的關係在兩間公司不是什麼祕密，他們經常互送東西、上下班也經常一起行動，還都用我對象、我男朋友稱呼對方，從來不避諱被人知道。

因此柯狄的幾個同事對蔣承動的出現，並不感到意外，還主動解釋剛才發生了什麼事。

雖然他們的了解也很片面，甚至不知道動手的那個男的是誰。簡單來講就是柯狄不曉得說了什麼，激怒對方直接動手，而柯狄沒有避開白白挨揍了好幾下，等他們聽聞動靜出來時臉上已經掛彩了。

「我沒事，你先回去上班。」

柯狄不想要驚動蔣承動，先前看到對面公司有人走出來還刻意閃躲，沒想到還是被知道了。

「你不要說話。」

蔣承動的聲音很冰涼，是柯狄從沒聽過的語氣。他愣了愣，苦苦一笑，心想這是生氣了啊。

警察沒多久就來了，本想勸他們和解，可是曹振澧看到警察的反應很是奇怪，請他拿出身分證、留下資料也不配合，還激動地想要掙扎逃跑。

這反應就連警察看見了也覺得有問題，溝通幾次無果，最後只能決定將曹振澧帶回派出所查驗身分。然而曹振澧一聽要跟警察走，頓時就急了，力氣突然出奇得大，甩開扣住他肩膀和手臂的柯狄的兩個男同事。

其中一位警察只是出手攔阻，誰知曹振澧一個衝動直接對著警察出拳，拳頭剛好擦過對方臉頰，場面登時又亂成一團。原本只是帶回去查驗身分就好，因為這一拳現在可好了，他直接以妨害公務為由遭到逮捕。

這場鬧劇演了大半個小時，柯狄的鼻血也差不多止住了，警察要他先去醫院驗傷，晚點再過去做筆錄。

柯狄一一答應了，又轉過頭對一直沉著臉，卻始終陪在他身邊的蔣承動說：「你先回去吧，後面的事同事會陪我處理。」

柯狄本意是想畢竟還是上班時間，蔣承動也不是他們公司的員工，放著工作陪他處理這些煩心的事實在說不過去。卻沒想到蔣承動聽他這麼說臉色更難看了，他沉沉地吸了口氣問：「不用我陪？」

一聽就知道蔣承動誤會了，不只誤會還氣壞了，柯狄顧不得周遭還有其他看熱鬧的同事，輕拍了拍他的手臂低聲哄道：「好好好那你去請個假，陪我一起？」

蔣承動匆匆交辦好工作請了假，陪著柯狄又是驗傷又是做筆錄，這期間柯狄打電話諮詢了一下蘇巧茹當警察的男朋友，又聯絡了一個律師朋友，等所有事情都處理完，天色也已經黑了。

儘管這天不是週五，蔣承動還是帶著柯狄回自己家，一路上一言不發，無論柯狄說什麼回應都相當冷淡。

認識至今也滿長一段時間了，柯狄從未見過蔣承動這麼生氣。

平常自己偶爾耍點小任性，他最多也就無奈地嘆口氣，最後什麼都順著柯狄，像現在這樣連理都不理人，讓柯狄一時間有些無所適從。

柯狄坐在沙發上，蔣承勳正扶著他的臉，替他嘴角的傷口上藥。鼻血已經止住了，但鼻子還有點紅，下午流血時看起來很嚴重，實際上都是些無傷大雅的皮肉傷，擦擦藥就沒事了。

「你別生氣啦寶貝，我不是沒事嗎？」

柯狄討好地拉了拉蔣承勳的手臂，仰頭想親他，卻被對方偏頭躲開了。

「你是故意激怒他的對吧？」蔣承勳拉開柯狄的手，嚴肅地盯著他的眼睛，「你故意激怒他讓他動手，有監視器在拍，只要你不還手，到時候上法庭你就有理，對嗎？」

柯狄抿著唇垂下眼簾，不發一語。

「你有沒有想過，萬一今天他身上帶著刀，或者帶著什麼能傷害你的東西，你激怒他，他不只是動手打人，你該怎麼辦？」蔣承勳語氣很重，眉心始終皺緊在一起，「要是他被你激得一刀捅在你身上，我怎麼辦？」

蔣承勳氣得眼睛都紅了，柯狄上了藥的嘴角就像一根刺，時時提醒著他今天經歷了些什麼，而自己不僅當下不在身旁，事後還差點被推開。

「我當時沒想那麼多，只想著早點把問題解決一勞永逸。是我錯了，對不起讓你擔心了。」

柯狄道歉的態度誠懇，蔣承勳卻依然不買帳。

到了睡前甚至還以今天臨時請假，要把工作進度補上為由，讓柯狄先睡，一個人拿著筆電去了客房，一夜未回。

這下柯狄總算是見識到，一向好脾氣的人生起氣來是最難哄的。

這兩天他住在蔣承勳那裡，蔣承勳卻甚至一天和他說不超過十句話，晚上也不和他睡在一起，好像讓他住到家裡，只是為了確保他在自己眼皮底下不會有安全問題。

柯狄討厭冷戰，他和父母間的冰牆都還沒破，實在不願意和蔣承勳之間又多了一層隔閡。

這天晚上蔣承勳前腳剛進客房，柯狄後腳就跟了進去，在他反應不及之際把人壓倒在床上，低頭和他額間相抵。客房只有一張單人床，並不寬敞，蔣承動一個人睡沒什麼問題，多了一個柯狄就顯得有些擁擠。

蔣承動的手反射性地摟在柯狄腰上，皺著眉問：「你怎麼過來了？」

「那你怎麼不回房間睡？」柯狄反問，「你就算氣到要分房睡，那也是我該睡客房才對，自己氣得跑來睡客房算什麼？」

「我……」蔣承動一個「我」字停了半天，嘴唇張張合合半晌才低聲說，「我不是……生你的氣。」

一開始他或許有些生柯狄的氣，但說到底還是擔心占了絕大部分。後面他都是在生自己的氣，一方面氣自己沒能在柯狄遇到狀況的時候第一時間擋在他面前，另一方面是氣自己恐怕不夠有擔當，才會讓柯狄在遇到事情時，第一反應是推開他，而不是讓他陪同處理。

那天柯狄一直要他先回去工作，讓蔣承動心裡感到說不上來的喪氣。工作確實重要，可是他也不是不會衡量事情的重要性，工作進度能事後再趕，眼下柯狄的事又怎麼能拖延。同樣的，柯狄怎麼會不知道蔣承動在想什麼，事實上他後來再回頭想想，也覺得自己太衝動了一點。

向蘇巧茹的男友諮詢的時候，馬上被就在一旁的蘇巧茹聽見，還被她臭罵了一頓，說他做事不帶腦袋、不計後果，以後再發生這麼危險的事就絕交，也不會再借男朋友給他了。

「對不起。」柯狄又誠懇地道了次歉，又輕又快速地碰了一下兩天沒碰到的嘴唇，「不會有下次了，我保證。」

蔣承勳嘆了口氣，收緊攬在他腰間的手，偏過頭把臉埋進他的肩窩，悶聲說道：「就算真的有下次，也要讓我陪你處理，不要再推開我了。」

「以後我要是出什麼事了，都會第一個告訴你。」

柯狄側頭親在蔣承勳的耳殼上，輕聲哄他。

蔣承勳這次是真的被嚇壞了，也是真的被氣到了，他藉此機會順水推舟提議要柯狄把原來的租屋處解約，搬到他這裡住，以防未來還有任何萬一。

柯狄的租約本來在今年也就要到期，便從善如流答應了，儘管兩人交往甚至還不滿一年，談同居有點快，但為了讓蔣承勳安心，柯狄當然沒理由拒絕。

柯狄的前男友為了借錢鬧到公司來，甚至還出動了警察，這件事鬧得滿城風雨，也算一樁不太好聽的醜聞。這件事被有心人偷偷向總公司檢舉，聽說原本柯狄要被停職接受調查，可是最後不知怎麼回事就被壓了下來。

柯狄什麼事也沒有，每天照常上下班，也沒人故意找他麻煩。

過了幾天主管才神神祕祕地把他叫進會議室，跟他說：「你要去好好謝謝小君。」

柯狄不明所以，「啊？什麼意思？」

「你前陣子那件事本來被營業二部的幾個人向總公司檢舉，他們繪聲繪影說得可難聽了，說什麼你搞同性戀關係混亂，跟前男友沒分乾淨就交新男友，還有金錢上的糾紛，搞得前男友跑來公司大鬧一場要你還錢。」

「神經病吧他們。」柯狄聽著完全顛倒是非的說法，忍不住嗤笑。

「是啊，反正他們說得三分真七分假，總公司的人當時也不在現場，本來是要先讓你停職幾天好好調查一下，後來小君她……」

主管看了一眼會議室的門確定有關緊，才接著小聲說：「小君她幫你討了公道，我才知道她叔叔原來是總公司的高階主管，她來這裡就只是磨練磨練而已，以後大概會被直接調派回去總公司。總之呢，小君替你說話，也把那天的狀況解釋清楚了，所以才免除了你的停職處分。」

柯狄越聽越覺得不可思議，誰能想得到平常在他手下做事的助理，實際上是可能隨便幾句話都可以把他趕走的皇親國戚。

「那我……」柯狄嚥了嚥唾液，乾笑道，「那我還真得感謝她，一開始磨合期不愉快的時候，沒有快刀斬亂麻把我幹掉。」

柯狄回到座位，看著前頭的女孩搖頭晃腦敲著鍵盤，一時間心情有些複雜，不過既然人家幫了自己，該道謝的還是要做到。

他喚了聲：「小君。」

小君回過頭，「嗯」了一聲。

「明天晚上有沒有空？我跟我對象請妳吃飯。」

「啊？」小君沒問為什麼要請她吃飯，而是笑著問他，「這樣我還吃得下嗎？不會看你們放閃就飽了吧。」

「那怎麼辦？」柯狄挑眉提議，「妳也帶男朋友一起來？」

「可以！時間地點你們決定，我再跟他說！」小君笑咪咪地答應了下來，得意洋洋道，「比放閃我們可不會輸！」

他們彼此心知肚明，誰也沒有再提起那天鬧得並不好看的事件，也沒有說起小君在總公司的那個高階主管叔叔，就像只是普通的同事一起吃頓飯，增加同事情誼。

而曹振澧後來還真的被抓到吸毒，器具和毒品人贓俱獲，當初來向柯狄借錢時說的媽媽住院需要錢也都是幌子，根本沒有這一回事。

這件事柯狄已經全權交由律師朋友處理，後續怎麼發展都一概不過問。曹振澧會走到今天這步都是咎由自取，不能埋怨誰。

柯狄唯一慶幸的是自己當初果斷分手，沒有藕斷絲連，今天才沒有受到太大的波及，也才能遇到這麼好的蔣承勳。

流光易逝，轉眼春節又至。

今年除夕蔣凡瑄夫家又多了一位客人，他和蔣承動牽著手一起進門，沒有人覺得哪裡奇怪。

那是一個很溫馨熱鬧的家，儘管他們和來客並沒有任何血緣關係，甚至只是初次見面的陌生人，飯桌上幾位長輩還是相當熱情，沒有人對柯狄的到來感到意外與詫異。

柯狄很久沒過這麼熱鬧的除夕了，飯後幾個小孩圍在他身邊看他打遊戲，唐繼堯和他最熟，趴在他腿上盯著螢幕，時不時高喊：「舅媽左邊！舅媽右邊！舅媽小心！」

其他小孩見狀忍不住問：「你怎麼叫舅媽呀？明明就是叔叔！」

唐繼堯除了第一次在動物園有順利改口叫叔叔，第二次再見面時他又叫成舅媽。蔣承動不厭其煩地糾正，然而下次再見到的時候又得重新教一次，如此反覆最後柯狄跟他說算了，反正自己也不怎麼在意。

「沒關係，你們喊叔叔，堯堯喊舅媽，都一樣。」

柯狄挪出一隻手摸摸唐繼堯的腦袋，讓他不用改口。

「可是舅媽是女生，你是男生呀！」旁邊的小孩忍不住又說。

這次不等柯狄解釋，唐繼堯就抬起頭驕傲地說：「你們的舅媽是女生，我的舅媽是男生，我比較厲害！」

柯狄噗哧一笑，連帶手一晃，螢幕裡操縱著的角色險些落到水裡死翹翹。

過了午夜十二點，這番熱鬧才稍微消褪一些，蔣承勳帶著柯狄到他們準備好的房間，簡單地沖過澡就差不多要休息了。

「好久沒過這麼熱鬧的除夕了，小瑄真是嫁了個好老公，這裡的人都很好。」柯狄靠著床頭一邊滑手機一邊忍不住感嘆，「真好。」

蔣承勳摟著他的肩膀，垂著眼簾看他點開一個銀行 **APP**，轉帳了兩筆不小的錢出去。

那兩筆錢是轉帳給誰的蔣承勳心裡清楚，卻也沒有多問。他的手指在柯狄肩上輕輕點弄著說：「如果你喜歡熱鬧，我們可以每年都來，如果你想安靜一點，我們也可以在自己家過年，不論在哪我都陪你。」

這一年來蔣承勳說情話的功力漸長，但真摯不曾減少半分，柯狄每每聽了都心窩溫暖，轉頭就往他嘴上親了一下。

看蔣凡瑄夫家一家人和樂融融，要說心裡沒半點羨慕那是不可能的。

這一年裡蔣承勳給了他一點建議，不只是逢年過節轉帳祝平安，也可以試著寄點東西回去。柯狄聽了也覺得並無不可，便每個月都寄點保健食品、茶葉、按摩墊等等長輩應該會用得上的東西回老家。

他依然沒收到任何回應，但起碼也沒收到被退貨的東西，想想應該是接受了的意思，便也放寬了心，不再強求更多了。

兩個人靠在一起說了一下話，臨睡前柯狄習慣性地點開通訊**APP**看一眼，意外發現幾年來不曾跳出回應的群組跑到了由上數來第三欄，旁邊綠色圈圈顯示著一則未讀。

他深吸了口氣點開群組，用力抿了一下嘴唇，多看了兩眼，才回過頭有些激動地跟蔣承勳說：「我媽回我訊息了。」

「嗯？我看看。」蔣承勳就著他的手看過去，在柯狄傳的「新年快樂，祝平安」的訊息下面，只多了一個「嗯」。

儘管就只有這麼一個「嗯」，柯狄還是反覆看了許久，才捨得關掉手機放到一旁的矮櫃上。

蔣承勳關了燈，習以為常地把柯狄攬進懷裡，溫柔地拍著他的後背低語道：「睡吧，一切都會慢慢變好的。」

柯狄吸了吸鼻子，嘴唇在蔣承勳下巴輕輕一碰，回他：「晚安，我愛你。」

蔣承勳吻他的鼻尖，也說：「晚安，我也愛你。」

付出、接受，愛人、被愛，無論站在哪一方、作為哪一個角色，只要身旁是對的人，便不會感到壓力或是委屈。

只要是對的人，身旁的一切總會慢慢變好的。

11

尾聲

「老大，業務部那邊說上週四客戶給的圖臨時要改設計，新的檔案剛剛已經寄信給你了，今天中午前要確認工程問題，有點急。」

「蔣哥，工廠那邊請你明天有空的話過去一趟，有個機臺參數設定好像有問題，想請你去幫忙看看。」

「David，十分鐘後來會議室一趟，帶兩個工程師一起，有新案子要討論一下。」

新的一週又是始於雜亂的各種問題，上至老闆下至助理，各個都有不同的問題要找蔣承勳處理。

等他回過神來時，已經快下午兩點，早過了平常的午休時間。

他按了按發脹的額角，趁著空檔下樓去便利商店尋覓遲來的午餐。

自從柯狄教會他使用行動支付後，蔣承勳上班時間去便利商店就幾乎不帶皮夾了，經常只拿著手機就下樓。可是今天大概是忙昏頭了，結帳的時候蔣承勳才發現自己連手機都忘了帶，全身上下半毛錢都掏不出來。

便當已經被店員熟練地送進微波爐加熱了，蔣承勳一臉尷尬，正想和店員說自己得先上樓拿錢，這時一直安靜地排在他後頭的人往前了兩步，把手上的商品放到櫃檯上，將手機螢幕轉向店員說：「我跟他一起結，不用載具，謝謝。」

蔣承勳愣愣地回過頭，就看見那張最熟悉的臉，做著彷彿似曾相識的事。

柯狄替蔣承勳結好帳，假裝只是順手幫了個陌生人一樣，沒多說什麼就走到便利商店外面，但也沒有直接轉身上樓，就停在門口等。

和他們初遇時的場景如出一轍。

蔣承勳隔著玻璃門看他看得出神，直到店員和他說微波好了，才匆匆接過便當道了謝，隨著柯狄的腳步追了出去。

「又急著要還我錢了嗎？」柯狄手裡捏著一瓶剛買的利樂包奶茶，咬著吸管笑著說，「可以加我LINE喔。」

蔣承勳莞爾一笑，反問他：「既然排在後面怎麼不叫我？」

「本來有想叫，但沒想到你這次不但忘記帶皮夾，連手機都沒帶。」柯狄把喝了一半的奶茶塞到蔣承勳手裡，聳了聳肩，「我心血來潮，想說重溫一下我們第一次見面的場景。」

蔣承勳深深吸了口氣，忍住想要親吻那雙含笑的嘴唇的衝動，吸著柯狄剛喝過的飲料解渴，最後說：「這次不還了，晚上請你吃飯。」

柯狄笑咪咪地答應了：「那我想吃麻辣鍋，上次吃過很好吃的那家。」

「好，都聽你的。」

無論場景重演多少次，即便時間轉頭再回到那一天、那一時那一分那一秒。

蔣承勳想，不管什麼時候，他依然都會為柯狄感到動心。

——《社畜男的戀愛行動支付》完

SS
番外一
土味情話
SCANNING…

兩人還未正式同居時，某次柯狄不小心著涼感冒了，有點發燒。

他本來想多睡覺多喝熱水就好，誰知道蔣承勳知道他生病了以後，下午就和公司請了假，匆匆忙忙趕到他家拉著他去看醫生。

柯狄覺得自己又不是小女生，只是普通的小感冒而已，蔣承勳根本沒有必要為了這點小事還特意請假來看他。

不過說真的，在病得頭昏眼花的時候看到自己的男朋友出現在面前，心裡還是感到一陣溫暖。

蔣承勳陪柯狄看完醫生後，跟著他一起回家，前前後後又是替他煮稀飯又是提醒他吃藥，還在柯狄昏昏沉沉睡去的時候，不厭其煩地一次又一次幫他換額頭上的涼毛巾。

柯狄直到傍晚時分才悠悠轉醒，他裹著薄毯走到客廳，一屁股坐到沙發上，一邊吸鼻子一邊抬頭，讓走過來的蔣承勳摸摸他額頭的溫度。

「燒退得差不多了，出汗了吧？頭還暈不暈？要不要先去洗個澡？」蔣承勳撥了撥柯狄沾了汗水黏在額頭的些許髮絲，溫聲問道，「我去熱稀飯，你出來就可以吃了。」

「你怎麼這麼好啊……」柯狄啞著嗓子感嘆，腦海裡忽然閃現一句很久以前在網路上看過的土味情話，他舔了舔乾燥脫皮的嘴唇，順勢笑道，「我終於知道我為什麼總是感冒了。」

「嗯？」

「因為我對你毫無抵抗力。」

柯狄微微瞇了瞇眼，臉頰貼在蔣承勳溫熱的掌心上蹭了蹭。

本以為這句話能撩撥得蔣承勳面紅耳赤不知所措，怎料那人卻一把捧起柯狄的臉，垂眸和他四目相對，滿臉認真地說道：「抵抗力不好要多吃蔬菜水果、多運動，最重要的是還要早點睡，你最近作息不太健康，要從根本開始改善。」

「……」柯狄半張著嘴愣了愣，這跟他想像的走向完全不一樣，「不是，我——」

「聽話，今天十點就乖乖上床睡覺，不要再熬夜了，我會留下來陪你。」

蔣承勳低頭輕輕吻了一下柯狄的額頭，低沉著嗓音又接著道：「看到你生病我也會很難受，別讓我擔心了，好嗎？」

柯狄恍恍惚惚地順著他的話點了點頭，等到蔣承勳進了廚房，他才抬手按住自己方才被吻過的額頭。

……怎麼好像撩撥人不成反被撩了呢？

風水輪流轉，柯狄的感冒才養好沒多久，轉頭就換蔣承勳病了。

還不是和柯狄一樣的普通小感冒，而是比他更嚴重許多的急性腸胃炎，直接鬧到住院。

自從成年以後蔣承勳就很少生病，沒想到這次一病就直接進了急診室，在醫生的診斷下當天就辦了住院。

蔣承勳突如其來的急性腸胃炎差點沒嚇壞柯狄，好在柯狄以前也有照顧人的經驗，很快就冷靜下來替他聽醫囑、辦理住院，在蔣承勳住院的這段期間幾乎寸步不離地陪在旁邊照顧他。

事出突然，柯狄只能很臨時地向公司請了幾天假，陪病的同時還得遠端辦公。蔣承動一天病沒好，他的心就懸著一天，除了擔心以外，絲毫感覺不到一點疲累。

「你還是回家睡吧。」蔣承動住院的第一晚，剛又吐了一回，被柯狄攙扶回床上後，略有些虛弱地說，「陪護床不好睡。」

柯狄替他拉好被子，凶巴巴地說：「閉嘴，把眼睛閉上。」

蔣承動沒有辦法，只能乖乖聽話閉上眼睛，身體的不舒服連帶著心靈都脆弱了幾分，雖然嘴上勸著柯狄回去睡，但有他陪在身邊還是感到很踏實。

柯狄沒有睡陪護床，而是趴在蔣承動身邊，覆著他吊著點滴發涼的手，不太安穩地趴著睡了一夜。

直到隔天早上護理師來量血壓，看著他們牽在一起的手，忍不住笑著調侃道：「起來量血壓啦，別手牽手了，隔壁床的新婚小夫妻都沒你們黏。」

柯狄打了個呵欠起身讓開，看到蔣承動蒼白的臉上蒙上一層淺淺的紅，也跟著聳肩一笑。

「沒辦法，我家這位就是比較黏我，平常不牽著就睡不著。」

柯狄很是大方也不覺得害臊，和護理師小聊了一陣子，才又坐回原來的位置上。

蔣承勳的氣色看起來比昨天好了一點，不過下午還是又吐又拉了幾次，傍晚醫生過來的時候建議還是再多觀察一兩天。

柯狄看得出來蔣承勳對自己生了這場來勢洶洶的病，連累到他而心有愧疚，為了讓這個病號心情放鬆一點，這天睡前他趴在對方臉旁，小小聲地出題問他。

「從前有兩個人一起進了醫院，一個叫『我愛你』，一個叫『我不愛你』，後來『我不愛你』先出院了，請問醫院剩下誰？」

蔣承勳認真想了一下，沒發現哪裡不對勁，回道：「我愛你？」

柯狄勾起唇角，在蔣承勳的臉頰上親了一下，說：「我也愛你，乖，睡吧。」

蔣承勳愣了愣才反應過來，他偏頭看向柯狄的臉，正想開口說點什麼，隔壁床一道女聲隔著薄薄的簾子傳來。

「別看我了，我們這家醫院只剩下『我不愛你』，明天早上要動手術了還不閉眼睡覺。」

柯狄和蔣承動屏著氣交換了一個眼神，無聲地笑了出來。

——番外一〈土味情話〉完

SS

番外二
關於求歡這件小事

SCANNING…

柯狄有個小小的煩惱，每一次，他必須毫不誇張地說真的是每一次，無論明示或者暗示，在情事上從來都是由他主動起頭。

雖然蔣承動沒有拒絕過他的求歡，每次也都表現得相當投入，事後溫存也從不敷衍，無論床上還是床下都是溫柔紳士的好伴侶，除了被動點以外，在這方面幾乎挑不出什麼缺點。

偏偏就是蔣承動的被動，讓柯狄有時會想是不是只要自己不主動表示想要，這人就能像出家和尚一樣無欲無求，親親抱抱就滿足了。

說實話他並不是非常縱欲的人，捫心自問也沒有到需索無度的地步，一般情侶一週兩次的頻率很正常吧？可是只要他不提，蔣承動就不會主動要，他們可以整整半個月完全沒有性生活。

兩相比較之下就顯得自己好像特別欲求不滿，要不是早上醒來發現抱著他睡的那人腿間還有反應，柯狄都要以為自己對蔣承動可能沒有吸引力了。

柯狄站在浴室洗手臺前對著鏡子刮鬍子，刮完後摸摸自己光滑的下巴，左右轉轉上下晃晃，也沒看出什麼變化。他輕輕嘆了口氣，放下刮鬍刀，心想蔣承動怎麼就定力這麼好、這麼把持得住呢？

柯狄有意想試試看如果自己一直都不提那檔事，蔣承動究竟能夠忍多久。只不過苦了自己也得忍耐就是了。於是他單方面開啟了禁欲模式，第一週如他所料果然無事發生，蔣承動也一點端倪都沒看出來的模樣。

第二週柯狄索性加強了點刺激，每天洗完澡都不好好穿衣服，下半身裹著浴巾在蔣承動面前晃蕩半天，蔣承動卻始終只注意他頭髮還沒吹。

柯狄木然地坐在床緣，任蔣承動半跪在他身後替他吹頭髮，半晌低頭看看自己赤裸的半身，研究是不是身材走樣了。受體質影響他其實不太容易發胖，但也因為不愛運動，捏捏肚子還是捏得出一點點軟軟的肉。

「怎麼了？」蔣承動骨節分明的手指撥了撥他的髮絲，確定都吹乾了才放下吹風機，見他一直摸著自己的肚子便問，「你肚子不舒服嗎？」

「沒有。」柯狄語氣平平淡淡不帶起伏地道，「我只是在想我是不是胖了。」

蔣承動聞言也把手繞到他身前，摸了一下他的肚子，乾燥的掌心繞著他的肚臍周圍揉了一圈。柯狄肩膀微微一顫，睽違一週多的親密觸碰讓他心裡發癢，差點沒忍住拋下矜持轉頭就把人壓到床上。

怎料蔣承動不按牌理出牌，摸了一陣子後又捏了一下，而後沉吟片刻認真說：「好像是有一點，可能最近吃太多垃圾食物了，要節制一點。」

「……」柯狄一陣無語，心想好好一個男朋友，怎麼偏偏就這麼不會說話。

他抓開蔣承動停在他肚子上的手，拿過放在旁邊的衣服褲子，把自己包得嚴嚴密密，整整一晚都背對著蔣承動睡。可是蔣承動還是沒察覺到任何異狀，從後面抱著他一樣睡得很香。

第三週柯狄決定來點猛的，睡覺前他趴到蔣承動身上，使出渾身解數吻他，一邊用胯間蹭他發熱隆起的下身，吻到蔣承動氣息越發粗重，一雙手難耐地摸進他的衣服裡，柯狄一個翻身便躺回旁邊的枕頭上，朝他眨眨溼紅的眼睛啞著聲音說：「好了，睡覺。」

「我……」蔣承動看著柯狄的臉欲言又止，在柯狄帶著點殷切期盼的目光下嚥了口唾液，不自在地扯了一下睡褲，最後卻只是吻了一下他的額頭說，「好，睡覺。」

然後起身關了燈，就真的抱著他閉上了眼。

柯狄剛剛自己親著親著也來了感覺，腿間的腫脹都還沒消退，自己造的孽，也只能硬著頭皮自己吞下。

到第四週，柯狄沒辦法再出什麼新招了，他被外派到南部出為期一週的差，別說出招，他現在連人都摸不到，除了想著蔣承動以外哪還有心思想那些有的沒的。

柯狄趴在旅館床上有一點後悔了，這還是兩人自從上過床以來第一次這麼長時間沒有親密關係，早知道蔣承動真的這麼能忍，他就不該動什麼刺探對方忍耐力極限的念頭，搞到最後非但自己心裡不痛快，還真的欲求不滿了。

出差第四天，柯狄晚上跟其他幾個業務，和總公司高層去吃了一間不太好吃的西餐廳。

本來跟上司同事之間的應酬就已經讓人沒什麼胃口了，面對滿桌不愛吃的食物還得陪笑，柯狄吃到一半就忍不住傳訊息和蔣承動吐槽。

——牛排肉太老太硬、配菜不夠新鮮，最重要的是辣醬不夠辣，吃得一點也不過癮，還不如第一天吃到的麻辣燙好吃。

蔣承動安慰了幾句後就沒有回覆了，大概是工作還沒忙完，柯狄也沒多想，繼續陪笑吃飯。

晚上回到旅館的時候已經八點多了，柯狄晚飯沒吃飽還有點餓，但又懶得出去覓食。剛想著打個電話跟蔣承動聊聊天轉移注意力，房裡的電話卻突然響了起來。

柯狄帶著點疑惑地接了起來，「喂？」

電話是從一樓櫃檯打來的，櫃檯員工和他說：「您好，樓下櫃檯有您的外送，麻煩下來拿喔。」

「啊？」分明才剛回來的柯狄滿頭問號，「不好意思你可能打錯了，我沒有點外送啊。」

「1605房的柯先生對吧？確實是您的外送沒錯喔。」

「好吧，我下去看看。」

幾分鐘後柯狄還真的領到了一份給他的外送，是他不久前才跟蔣承勳提到的那間麻辣燙。明細貼在塑膠袋上，他搭電梯的時候看了一眼，備註欄上寫了一句：**請不要加蔥，謝謝**。

字句禮貌，一看就知道出自誰的手筆。柯狄拎著一袋份量不算多但也夠吃飽的消夜，心裡又暖又脹，回房第一件事就是打了通視訊電話給蔣承勳。

蔣承勳很快就接了，背景是在房間裡，他看起來還是很不習慣面對鏡頭的樣子，螢幕上那張臉顯得有點僵硬。

「你幫我點外送啦？」柯狄把那袋麻辣燙也照進畫面裡，半故意地問他，「上次不是說不可以用了嗎？怎麼又偷偷把**APP**載回來了？」

「啊……我想說你沒吃飽，怕你半夜肚子餓。」蔣承勳抓了抓頭髮，解釋道，「剛剛確認送達之後我就刪了，我自己沒有在用，真的。」

「你每次都這麼認真解釋，讓我覺得是自己在無理取鬧，在欺負你。」柯狄笑著把手機架在一旁，拆起那份愛心消夜吃了起來，「我就逗逗你，你不用刪也沒關係。不過你居然還記得怎麼用，不愧是蔣老大，記憶力真好。」

「沒有，我重新摸了一下，花了點時間才知道怎麼把定位設在你那邊。」

蔣承勳說得有些不好意思，畢竟距離上次使用也已經過了很長一段時間，他本來就不太擅長用這些軟體，一邊摸索一邊還上網查了一下，還好最後成功了，「快吃吧，等一下都涼了。」

他們隔著小小的手機螢幕彼此相望，聊著一些瑣碎的日常小事，言語間飽含著顯而易見的想念。

柯狄這趟出差已經到了尾聲，隔天中午便踏上返程，回去直接就放週末，也不用再回公司報告，蔣承勳於是特地請了半天特休去高鐵站接他。

人家都說小別勝新婚，柯狄總算是真真正正體會了一次。

剛上蔣承勳的車時一切如常，兩個人還在外面吃了點東西才回去。

然而出乎意料之外，一回到家關上大門，剛換完拖鞋還沒離開玄關，蔣承動就摟住他的腰、托著他的後腦，難得主動地吻了上去。柯狄微微愣了一秒，旋即反應過來攀住蔣承動的肩膀張開了嘴，在門口就纏綿地親吻起來。

蔣承動的掌心很熱，隔著襯衫柯狄都能感受到一道鮮明的熱度揉著他的後腰，那手很快就將他的襯衫下襬從褲腰拉出，繼而順勢摸了進去，皮肉相觸的瞬間柯狄輕輕一縮，鼻間發出一聲長而柔軟的低吟。

經過柯狄這麼長一段時間的調教之下，蔣承動的吻技相較於一開始進步了很多，從碾磨到深入，一寸一寸往裡進攻，柯狄被吻到有些喘不過氣，推了推蔣承動的肩膀想示意他鬆開一點，蔣承動卻輕咬了一下他的下唇，含糊低沉地說了句：「別動。」

柯狄沒想到蔣承動還有這麼強勢的一面，這一聲直接砸得他險些腿軟，只能乖乖地站在原地任蔣承動繼續扣著自己親吻。

纏綿的一吻方盡，雙唇分開時拉出的銀絲如同彼此僅存的那點理智般生生斷裂，兩個人凝視著彼此的雙眸，很快又重新貼合在一起。柯狄甚至不清楚自己是什麼時候被帶回房間，只記得他們接了一個很長很長的吻，等他回過神來時，已經被蔣承動放倒在床上了。

「寶貝，這麼想我啊？」

好不容易逮到蔣承動放開他的短暫空檔，柯狄眨了眨溼紅的雙眼問。

「嗯，很想你。」蔣承動回答得毫不猶豫，又捏了捏柯狄的腰側低聲問，「累不累？很累就不做了。」

柯狄簡直受寵若驚，出差前試了老半天蔣承動都沒主動提過這件事，想不到出個差回來蔣承動整個人就像開了竅似的，還會主動求歡了。

「你想做啊？」柯狄抬手圈住蔣承動的脖子，故意用膝蓋蹭蹭他已然起了反應的胯間。

蔣承動的喉結來回滾動，和柯狄鼻尖相抵，半晌才說：「想，很想。」

蔣承動都這麼說了，柯狄哪可能不配合，何況他自己都想了好久，在蔣承動承認想做了以後，他熟門熟路地從一旁的櫃子摸出開封過的潤滑液和保險套，塞到對方手裡，「那就來。」

性事上蔣承動向來很是溫柔，他溫柔地剝去柯狄身上的衣物，溫柔地順著尾椎摸進他的股間，沾著溼溼涼涼潤滑液的手指在閉合的穴口處輕輕按壓了幾下，才緩緩推進一截指節。

緊致的內裡從推阻到容納，這段說長不長的過程間蔣承勳沒有停止親吻身下的人，從鼻尖、臉頰到嘴唇，之後又一路向下舔吻，吸吮他的喉節頸側，最後來到胸膛，含住挺翹的乳尖，用溼滑的舌頭壓著繞圓，時而夾在牙間很輕地嚙咬。

體內的手指從一根增至兩根、三根，柯狄雙臀之間被搗得酥軟，過多的潤滑液沾在臀瓣反射著淫靡的水光，細細麻麻的快感讓他忍不住揚起脖子，帶著鼻音喚道：「好了、可以了……不要手指了……」

蔣承勳知道他想要什麼，自己同樣也忍到了極限，他將溼漉漉的手指抽出來，俐落地拆開保險套戴上，很快換上自己往還未完全閉合的穴口抵了上去。

蔣承勳跪在柯狄腿間挺直腰桿，把他的兩腿架到肩膀上，又稍微抬起了點他的腰臀，讓柯狄能看清自己是怎麼進入他的。

窄緊的肉穴從一個小口慢慢撐大，一點一點吞入自己極具份量的肉刃，蔣承動很慢地進到最底，直到兩人之間毫無縫隙地完全交合在一起，柯狄才半張著嘴長長出了一口氣，感嘆道：「啊，滿了……」

「會不會痛？」蔣承動低頭吻吻他的額頭問道。

他知道自己那東西份量確實不小，每一次做愛都怕把柯狄撐壞，所以每次前戲都得做得很足，確定柯狄那裡夠鬆軟了，才敢把自己放進去。

柯狄吸了吸鼻子，除了覺得又脹又滿以外沒特別感覺到疼痛，他於是故意縮了縮雙臀，啞著聲說：「不痛，癢……」

哪裡癢不用他再多加解釋，蔣承動當然不會不清楚，他重新含住柯狄溼潤的雙唇，抬起腰抽出一半，又狠狠撞進最深的地方。

房裡睽違一個月，終於又響起了令人臉紅耳熱的呻吟與肉體碰撞聲，兩個都憋了許久的人卯足了勁索求彼此，一時半刻甚至顧不上說話調情。

蔣承動每一下頂弄都刻意擦過柯狄的敏感點，刺激得他想往後躲又捨不得這般讓人沉淪的強烈快感。柯狄的雙腿無力地在蔣承動肩上晃蕩，隨著他每一下頂弄，圓潤的腳趾時而張開時而蜷縮。

「還癢不癢？」蔣承勳的一滴汗水落到柯狄臉上，他伸手揩掉，一邊帶著粗重的喘息問他。

柯狄沒料到蔣承勳會這麼問，夾裹著對方性器的肉壁一縮，溼紅的舌尖舔了舔嘴角，回道：「不癢了，都被你幹麻了，哈啊——」

蔣承勳撐起身子壓下柯狄的腿根，那雙臀瓣在自己眼下張開至極限，他緊盯著兩人交合的部位，不自覺提快了抽送的速度，水聲黏膩又響亮。

柯狄的呻吟黏軟又破碎，蔣承勳一次又一次往他最脆弱的那點進攻，經過百來下毫不間斷的抽插，柯狄猛地繃緊臀部，前頭未經碰觸的性器就這麼自顧自地吐出腥濃的白濁。竟是直接被幹射了出來。

柯狄一射，蔣承勳的動作就放慢了一點，停在他體內隨著痙攣的頻率微微挺動了幾下，延長他高潮的快感，而後才拔出來，抓著自己套弄了沒幾下，很快也交待在他泥濘不堪的股間。

事後蔣承勳抱著柯狄在床上溫存，柯狄抓著蔣承勳伸來的手指把玩，開口時嗓音還帶著濃重被情欲薰染的嘶啞：「你是不是憋太久了，今天怎麼這麼猛？」

蔣承勳不太好意思說「是」，只親了親他的臉，傻傻一笑。

柯狄嘆了口氣，張嘴咬了一口蔣承勳的指尖，「我還以為你永遠都不會主動求歡呢，以前好像都只有我想要一樣，你都沒有這種需求。」

「我……不是不想。」蔣承勳有點羞赧地回，「有時候做過的隔天我還是想碰你，但又怕頻率太高你太累了。」

柯狄早該猜到是這樣，他用舌尖舔了舔蔣承勳指腹上被自己咬出來的淺淺齒印，又含糊地問：「那我出差前那幾週都沒做，你也想嗎？」

「想啊，一直都想。」蔣承勳老老實實地應道，「但你好像不太想的樣子，我也不願意勉強你。」

「……你從哪裡看出我不想的？」柯狄不可置信，「大哥，我勾引了你老半天，你卻只看出我不想？」

柯狄簡直哭笑不得，他捏捏蔣承勳的下巴，拇指抵著下面那道淺淺的疤來回摩挲，「寶貝，以後你想就直說，我如果真的不想做會告訴你，我從來都不會勉強自己。」

「可是……」

「沒有可是，你害我白擔心了一個月是不是我對你沒有吸引力了。」柯狄記仇地道，「你還說我胖了！」

「沒有沒有，你沒有胖，也沒有沒吸引力。」蔣承動一把將柯狄攬進懷裡，低聲哄道，「我錯了。」

柯狄環住蔣承動的腰，埋在他懷裡失笑，暗暗心想早該出這趟差，也早該跟蔣承動開誠布公講清楚，就不會白白禁欲了這一個月。

不過也還好，起碼收穫了一個終於會主動求歡的蔣承動，也不算太虧。

——番外二〈關於求歡這件小事〉完

——《社畜男的戀愛行動支付》全系列完

AW
後記
SCANNING…

哈囉我是OUKU！

很高興再一次以商業誌的形式和大家見面，心情還是跟第一次一樣緊緊張張有點忐忑，不曉得這樣的故事大家會不會喜歡XD

這次寫的是很久以前跟朋友聊天時朋友提供的一個梗，老實男跟時髦男之間碰撞出火花的故事。我一直覺得理工男這種生物滿可愛的，雖然有時候思考方式直得讓人哭笑不得，但也是能讓生活多點樂趣的存在。

這次同樣是一篇很簡單的故事，寫起來也很開心，雖然在寫這篇的過程中經歷了三次元工作上的變動，導致時間安排亂了很多，最後又一次變成很像在暑假前最後一天才趕作業的小學生QVQ

還是謝謝編輯的包容讓我多了幾天可以寫番外！

同樣也要感謝朧月給的這次機會讓我能和桂老師合作，真的是除了好看、太太太太好看了以外我貧瘠的詞彙量實在想不到別的誇讚的詞，我會好好珍藏這次的封面的！

最後也還是要感謝閱讀到這邊的你，希望這次簡單輕鬆的小故事能讓大家消磨假日午後或睡前的短暫時光，也期待之後能有不同風格的作品再與大家見面！

OUKU 2022春

高寶書版集團
gobooks.com.tw

FH030
社畜男的戀愛行動支付

作　　者　OUKU
繪　　者　桂
編　　輯　薛怡冠
校　　對　林雨欣
美術編輯　林鈞儀
排　　版　彭立瑋
企　　劃　李欣霓

發 行 人　朱凱蕾
出　　版　朧月書版股份有限公司
Hazy Moon Publishing Co., Ltd
地　　址　臺北市內湖區洲子街88號3樓
網　　址　www.gobooks.com.tw
電　　話　(02) 27992788
電　　郵　readers@gobooks.com.tw（讀者服務部）
傳　　真　出版部　(02) 27990909　行銷部 (02) 27993088
郵政劃撥　19394552
戶　　名　朧月書版股份有限公司
發　　行　英屬維京群島商高寶國際有限公司台灣分公司
Global Group Holdings, Ltd.
初版日期　2022年6月

國家圖書館出版品預行編目(CIP)資料

社畜男的戀愛行動支付/OUKU著.-- 初版. -- 臺北市：朧月書版股份有限公司出版：英屬維京群島高寶國際有限公司臺灣分公司發行, 2022.06-
面；　公分. --

ISBN 978-626-95739-2-9(平裝). --

863.57　　111003236